てらいんくの評論

漱石爽快記

俳句・小説・人と人とのつながり

竹長 吉正

口絵　i

①

②

③

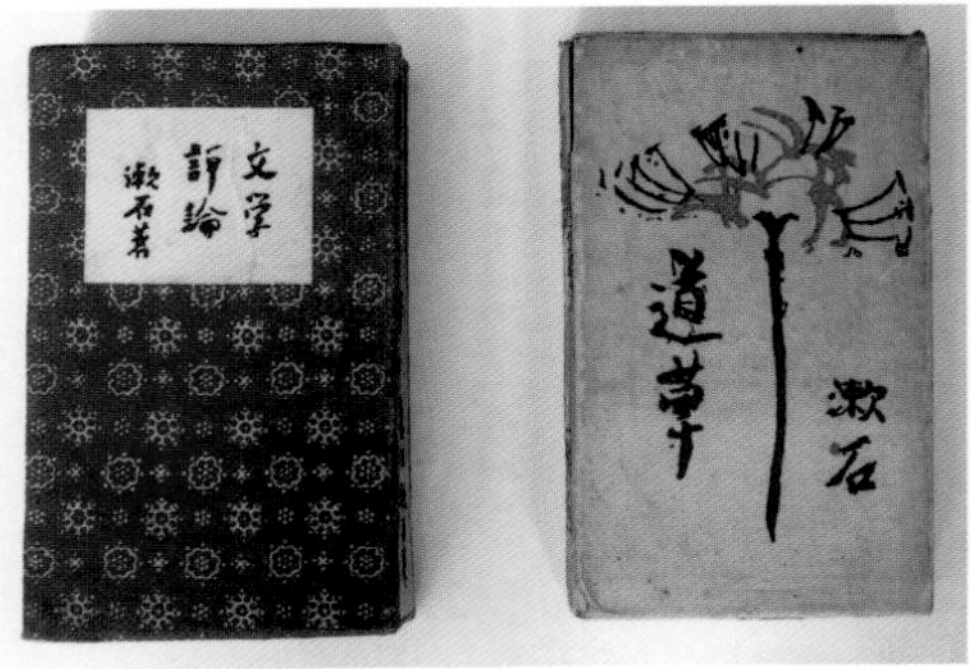

＊写真の解説は本文の巻末259〜265ページにあります。

④

⑤

⑥

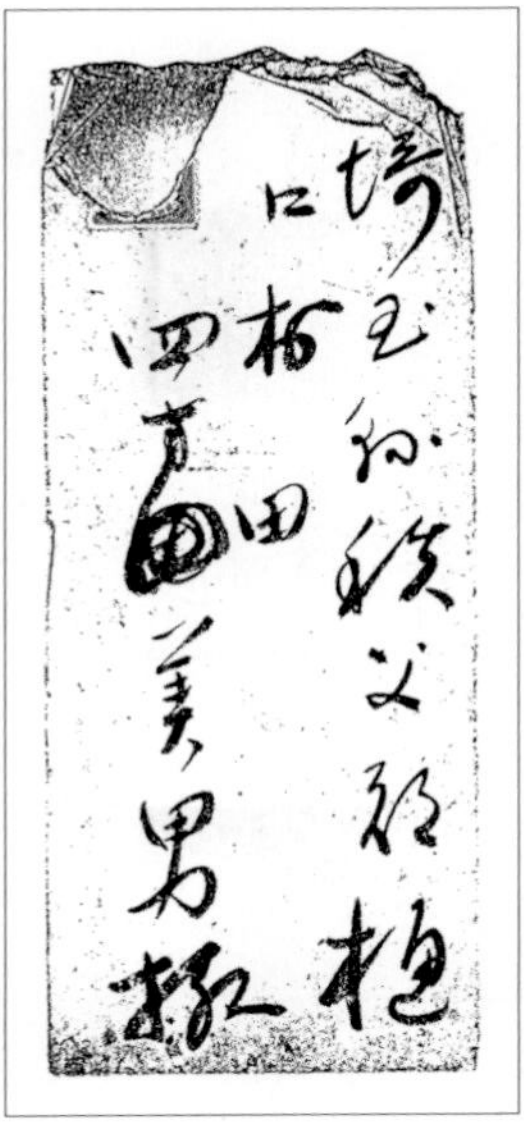

⑦

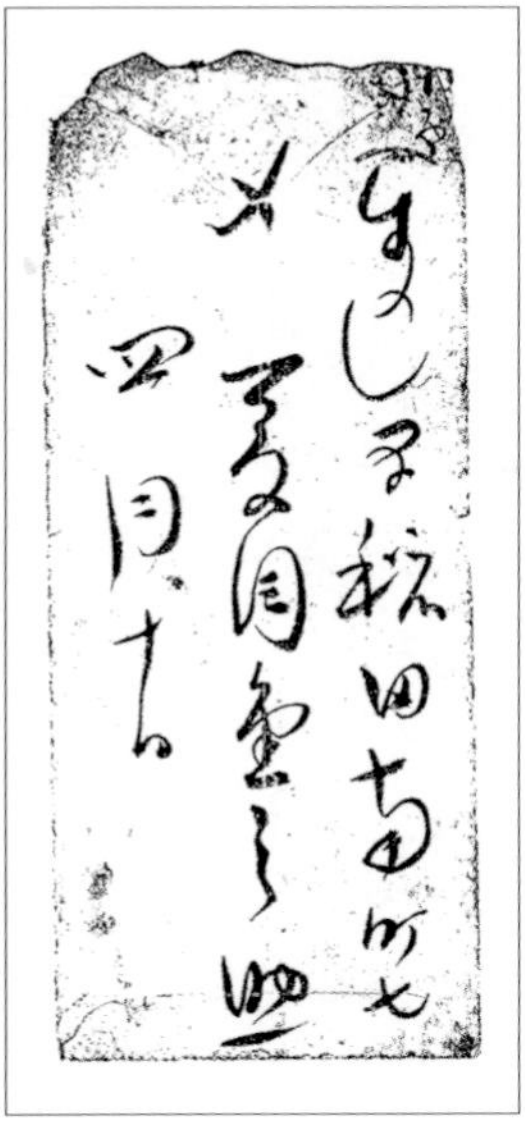

⑧

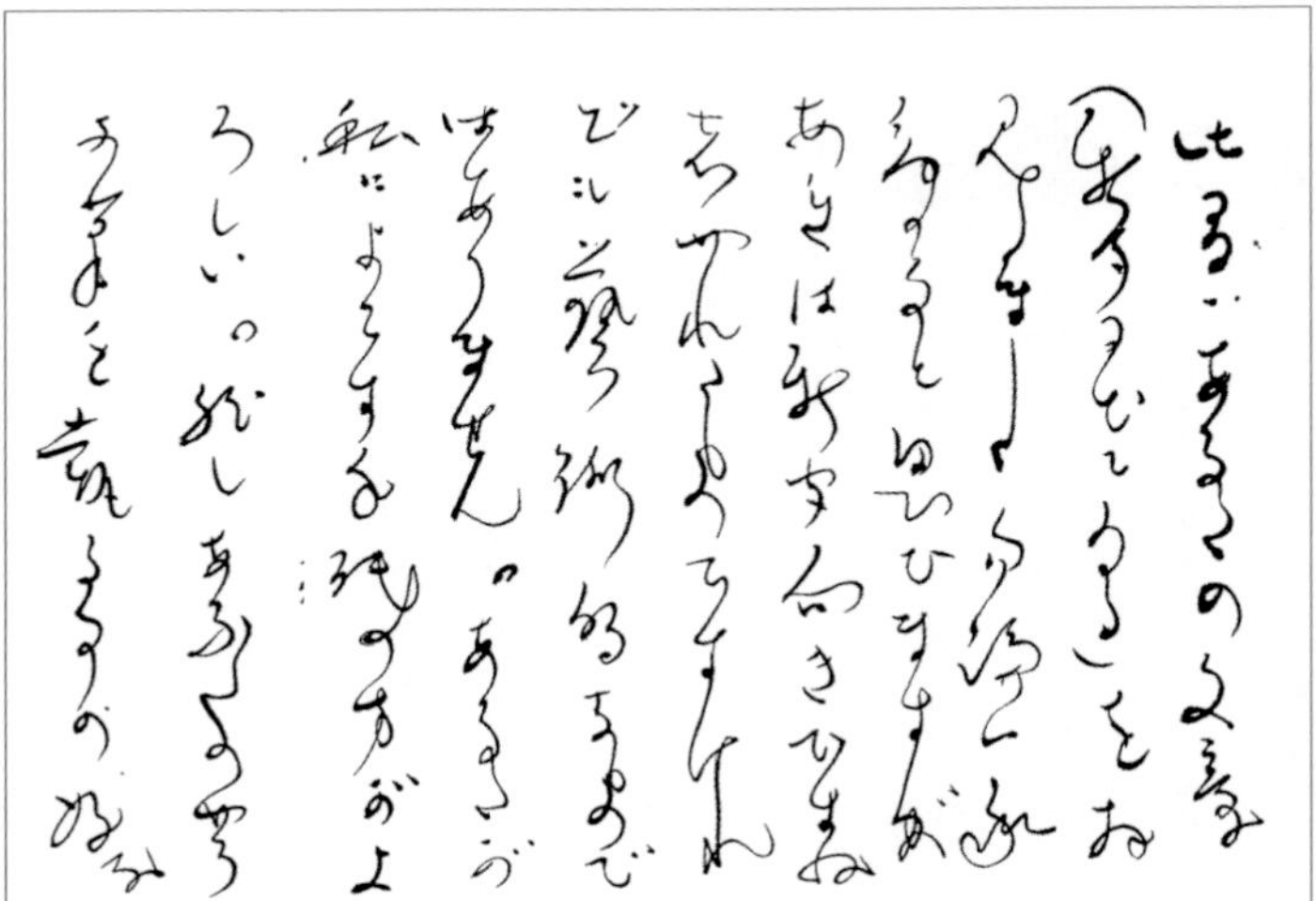

⑨

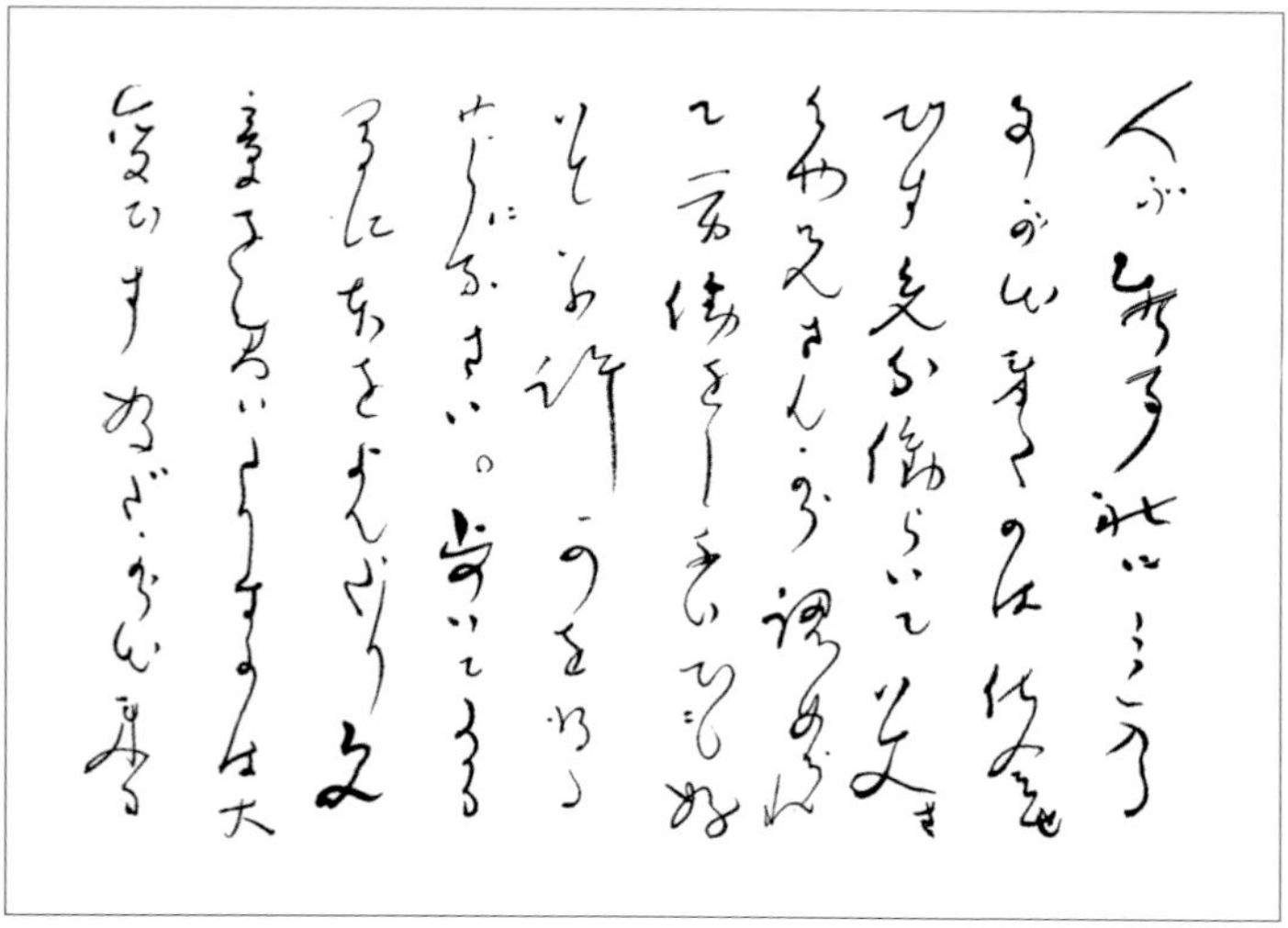

⑩

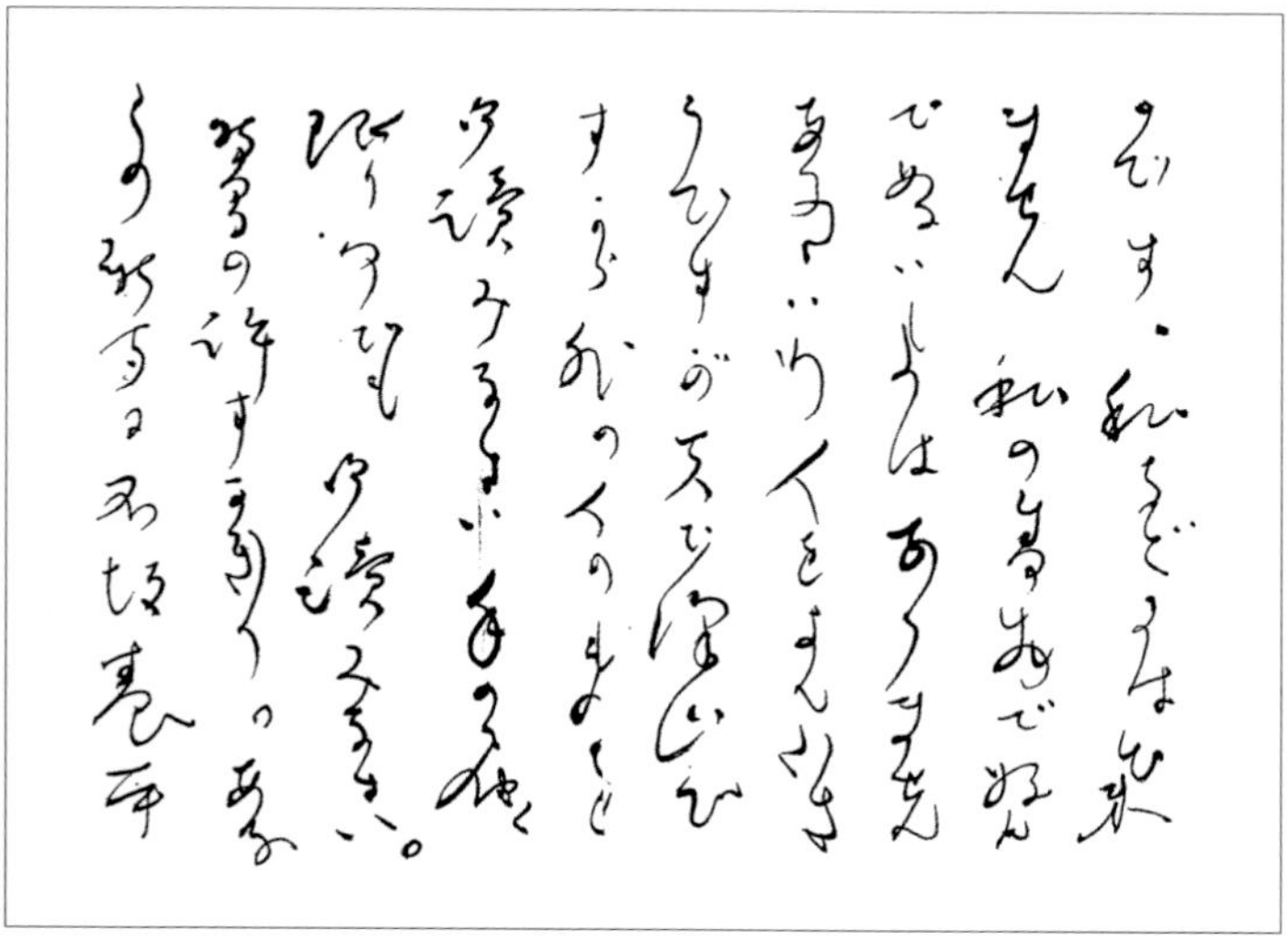

漱石爽快記

――俳句・小説・人と人とのつながり

目次

第一章　漱石研究の初歩二篇

一

この文章は、わたくしが夏目漱石の研究を志した頃のことを記したものである。その一つは「漱石と自然」と題するもので、雑誌『きたむさし』第二号（一九七〇年十二月）に発表した。もう一つは「漱石の研究書を求めて」と題するもので、書評紙『週刊　読書人』（一九七四年七月八日号）に発表した。但し、ここではそれらを再録するとともに増補改稿した。

二

漱石の講演記録に「英国詩人の天地山川に対する観念」がある。これは漱石が明治二十六年

（一八九三）一月、二十七歳の時、東京帝国大学の文学談話会という集まりの席で話をしたものである。そして、この講演は『哲学雑誌』の同年三月から六月にかけて掲載された。この年の七月、漱石は東京帝国大学を卒業するから、この講演は今日言うところの講演ではなく、いわゆる学生たちの行う卒業論文発表会のようなものだった。そこには、もちろん教授たちも出席していただろう。だから、その卒業論文発表が高く評価されて『哲学雑誌』に掲載されることになったのである。

しかし、なぜ文学の雑誌でなく、『哲学雑誌』なのかという問題が発生する。それについて調べると、「英国詩人の天地山川に対する観念」以前の漱石の論考「文壇における平等主義の代表者、『ウォルト・ホイットマン』Walt Whitman の詩について」も『哲学雑誌』に掲載されている。また、この雑誌に漱石は「催眠術」「詩伯テニソン」と題する翻訳も発表している。

さらに調べると、漱石の親友米山保三郎の勧めで『哲学雑誌』に論考を発表したり、また、漱石自身がこの雑誌の編集委員になっていたりする。さらに、『哲学雑誌』は当初、『哲学会雑誌』と称していたが、漱石が編集委員になったころ（明治二十五年七月ごろ）、『哲学雑誌』と誌名を変更している。

漱石が翻訳した「催眠術」は明治二十五年（一八九二）、『哲学会雑誌』五月号に掲載された。また、「文壇における平等主義の代表者、『ウォルト・ホイットマン』Walt Whitman の詩について」

は明治二十五年（一八九二）、『哲学雑誌』十月号に、ウードのテニソン論を翻訳した「詩伯テニソン」は同誌明治二十五年（一八九二）十二月号から翌年三月号まで連載されている。「英国詩人の天地山川に対する観念」の『哲学雑誌』の掲載は先に記したように、明治二十六年（一八九三）三月から六月にかけてである。

さて、わたくしは漱石の「英国詩人の天地山川に対する観念」に出合ってから、彼の自然観について考えるようになった。

また、漱石の自然観について考えるきっかけになったもう一つは、唐木順三の論考「子規と漱石――漱石における俳諧的なるものと倫理的なるもの」である。この論考の初出は昭和二十七年（一九五二）に出た『近代日本文学講座』（河出書房）所収の「漱石とその周囲」であるが、これは後に唐木の著書『夏目漱石』（修道社　一九五六年七月）に所収された。そして、この論考はさらに、角川書店版の『漱石全集　別巻』（一九六一年八月）に収録された。

わたくしが最初に見たのは角川書店版『漱石全集　別巻』収録のものだが、そののち、唐木の漱石論に関心があり、修道社刊の『夏目漱石』にも目を通した。両者に特別の差異は無かったが、唐木の漱石論の全体が見渡せた上で、更にその中での漱石俳句の位置づけを理解することができた。

唐木はこの論考「子規と漱石――漱石における俳諧的なるものと倫理的なるもの」において、

漱石精神の内部構造を風流と狂の対立としてとらえている。そこで、わたくしは唐木が言うところの風流の面を深く追求することによって、漱石精神の重要な一面に迫ろうと考えた。

このようなしだいでわたくしは、漱石の風流的要素に着目して、漱石の自然観にアプローチして行った。この分野での研究は当時の学界ではほとんど未開拓であった。先人は唐木順三、北住敏夫くらいであったから、わたくしは急いで漱石自身が自然について述べている文献を収集し始めた。

そして、「英国詩人の天地山川に対する観念」がやはり、重要であると認識した。この論考で漱石は何人かの英国詩人を取り上げているが、彼が最も共鳴しているのはワーズワースである。それから、わたくしは漱石とワーズワースとの比較研究を始めた。オックスフォード版のワーズワース詩集とワーズワースに関する研究書を取りそろえた。

また、漱石の自然観について研究するには彼の著書『文学論』『文学評論』を解読する必要がある。それらには文学者（殆んどイギリスの小説家、詩人）における自然描写の方法や、西洋人と東洋人の自然観の相違などが述べられている。

さらに、わたくしが注目しているのは、コンラッド論争である。これは英国で活躍した作家ジョゼフ・コンラッドの作品評価をめぐって日高未徹（本名は只一）と漱石との間で一九〇九年に行われた論争である。この論争も、漱石の自然観を知る上で不可欠な資料である。

このように漱石の自然観に関する文献を探究してみると、意外に多くあるのに驚く。そして、漱石という人は、自然に関して相当深く考えていた人であったということに気づいた。

三

大学一年の時から漱石について書かれた単行本や雑誌を次から次へと集め始めた。単行本百数冊、雑誌四百五十冊を数える。漱石についての研究は、日本近代文学の中で最も進んでいるが、その関係で研究書及び研究雑誌も星の数ほどある。

卒業論文を書くためにと集めただけではないが、気がついたら漱石だけの書棚を必要とするくらいに、書斎の一角がふくれあがっていた。著者ひとりひとりの見解が面白く、それに引きつけられて、こつこつ集めていたのが、ふと気づいたら丘のようになっていたのである。

研究書の単行本でわたくしが珍しいと思ったのは、山岸外史が書いた『夏目漱石』（弘文堂書店　昭和十五年十二月）である。新書判サイズの小さな本だが、太宰治研究で有名な山岸が書いた漱石論だから興味深い。また、バルト神学の研究者である滝沢克己が太平洋戦争中に書いた『夏目漱石』（三笠書房　昭和十八年十一月）。これは分厚い本だが、文字の一つ一つが大きくて大変読みやすい。他に、漱石の漢詩の研究に先鞭をつけた松岡譲の『漱石の漢詩』(十字屋書店昭和二十一年九月)、同じく漱石の漢詩について詳細に論じた中村舒雲の『夏目漱石の詩』(大東文化東洋研究所　昭和四十五年十一月)等がある。

雑誌では、『文芸往来』一九四九年(昭和二十四)三月に載っている武者小路実篤「夏目漱石の思ひ出」、『書物展望』一九三五年(昭和十)〜一九三六年(昭和十一)に掲載の鎌倉幸光「漱石の佚文」(一)〜(五)が新しい漱石の姿を見せてくれる。

ひとりの作家をいろんな角度から見ることができて実に楽しい。しかし、時には自分の抱いていたイメージがぶち壊されることもある。漱石の本当の姿はどうだったのだろうかと、考えることがある。どれも本当のようであり、また、ウソのように思う。

研究書のたくさんある作家というのは、それだけ人気があるということだから、魅力的である。しかし、研究書をよく読んで考えてみると、その殆んどが著者自身の問題意識や関心で作家にアプローチしているのであり、けっきょくは自分との接点で作家を論じているのである。著者が自分を無にして作家にアプローチしても、どこかで自分との接点を見いだすことになり、気が付いたらいつの間にか「自分語り」になっていたということがあるのかもしれない。そう考えると、文学の研究というのは、おそろしいものである。

第二章　漱石作品の面白さ　――軽快な文体に快感

一

夏目漱石との因縁は深い。しかし、高校生の頃は、漱石にあまり関心がなかった。ほとんど外国文学に目が向いていて、日本の作家では志賀直哉と芥川龍之介に親しんだだけである。日本の近代文学はどうも狭苦しい。そして、風通しが悪くて、じめじめしている。そんな印象であった。

二

それが東京の大学に入り、本郷界隈をうろつき出すと、急に漱石に親しみを抱くようになった。ぽっと出の小川三四郎がまるで自分のことのように思われて、恥ずかしいやら嬉しいやら、妙な気分になって来た。それから漱石文学の門に深く参入して行った。

現在、あの頃のことを考えてみると、青春の入口で何か面白いこと、華やかなこと、隠微なこと等を探し求めていて、たまたまそれらを満たしてくれるものとして漱石に出合った、ということになる。

そして漱石は、わたくしのそれまでの日本近代文学観を、確かに一変した。狭苦しくもない、じめじめしてもいない。芥川や志賀よりも一回り、二回り、スケールの大きい作家であると気づいた。

三

作品『三四郎』に、次の場面がある。

女は黙っている。やがて河の流れから、眼を上げて、三四郎を見た。二重瞼にはっきりと張りがあった。三四郎はその眼付《めつき》でなかば安心した。

「有難《ありがと》う。だいぶ好《よ》くなりました」と言う。

「休みましょうか」

「えゝ」

「もう少し歩けますか」

「えゝ」

「歩ければ、もう少しお歩きなさい。こゝは汚《きた》ない。あすこまで行くと、ちょうど休むに好い場所があるから」

「えゝ」

一丁ばかり来た。また橋がある。一尺に足らない古板を造作なく渡した上を、三四郎は大股《おおまた》に歩いた。女もつづいて通った。待ち合わせた三四郎の眼には、女の足が常の大地を踏むと同じように軽く見えた。この女は素直《すなお》な足を真直ぐに前へ運ぶ。わざと女らしく甘えた歩き方をしない。したがって、むやみにこっちから手を貸すわけにいかない。


（『三四郎』第五章）

三四郎と美禰子の二人は団子坂の菊見において皆の列から外れる。大勢の中で気分の悪くなった美禰子を三四郎は人混みの中から外へ連れ出し、新鮮な空気を吸わせようとした。

第三章　夏目漱石と俳句

一

わたくしが漱石と取り組む決意をしたのは大学一年の中頃のことであり、非常勤講師の紅野敏郎先生の授業によってである。それまで漱石という名を聞くと、恐い先生と会うような気がして、『草枕』『三四郎』『それから』を読むのが精一杯だった。

ところが、その後、わたくしは漱石と離れられなくなった。何とも妙な気持である。大学の四年間、ほとんど漱石のために時間を費やしてきた。しかし、成果はそれほど上がっていない。

漱石から学んだものは多いが、わたくしが特に学んだのは自然をどう見るか、自然にどう接するかである。こんなことなら漱石でなくてもよいではないかと不思議がられる。しかし、わたくしは漱石からこのことを学んだのである。

わたくしにとって漱石は、小説家や学者より、一介の教員であり、俳句をたしなむ自然愛好の文学者であった。

夏目漱石は小説家であり、優れた英文学者であった。これが一般普通の漱石のイメージである。しかし、漱石は普通の人夏目金之助であり、自然や人事の動きに敏感に反応する趣味人であったと判断するのが、わたくしの漱石のイメージである。

漱石作品の中で「あなたの好きな作品は?」と聞かれると、『こゝろ』『道草』『明暗』ではなく、『草枕』『思い出す事など』『硝子戸の中《うち》』をあげる。

二

漱石俳句で、わたくしの印象に残っている俳句をいくつか挙げてみよう。まず、次の句である。

別《わか》るゝや夢一筋の天の川

この句について漱石は、次のように述べている。「なんという意味かその時も知らず、今でも分らないが、あるいはほのかに東洋城と別れるおりの連想が夢のような頭の中に這い回って恍惚とでき上ったものではないかと思う。」（『思い出す事など』＊引用は角川書店版『漱石全集　第八巻』一九六五年十一月第四版）

修善寺で療養中の漱石を、松根東洋城（漱石の門下生で俳人）が見舞いに来た。そして、東洋城は仕事の都合で帰京する、その別れの際、漱石の頭に浮かんだ俳句であるとわたくしは思う。また、東洋城は「先生と病気と俳句」（岩波書店版『漱石全集第四巻月報』一九二八年六月）で、「重態の先生とその先生を公務の都合で残して帰京せねばならぬ自分との間に、俳句といふものを介在して、相通《あひかよ》ふたのであるやうに思はれる。」と述べている。

この俳句に関して言うと、わたくしにはこれらの説明は一切不要であると思う。こういう説明のない方が、この句は救われるのだ。漱石も東洋城も余計なことを書いたものだと残念に思う。

人生の半ば以上を過ぎて、ふと立ち止まった時、過去の思いと、これからの夢とが交錯して心に浮かぶ。そういう状況の句として、わたくしはこの句をこよなく愛す。その思いはこれからも続くであろう。

漱石自身、「なんという意味かその時も知らず、今でも分らない」と告白しているように、この句の正確な意味は分からない。だが、そんなことは少しも苦にならない。悔やむことではない。俳句は知的に理解するだけではない。俳句とはまず、味わうものである。だから、わたくしはこの句を自分流に理解し、楽しんでいる。
漱石の「別《わか》るゝや」の句は、偶然の名句である。それは俳句に一生涯かけて親しんだ人間への、俳句からのささやかな贈り物であったのだろう。わたくしはそのように理解している。

三

漱石俳句で、どうしてもふれておきたい句がある。それは次の俳句である。

菫程な小さき人に生れたし

この句を読むとわたくしは、漱石の内気な面、ひかえめな態度を感じる。平生の漱石先生からは想像もつかない、穏やかで優しい一面である。

ところで、この句について蓬里雨《ほうりう》（小宮豊隆）は「巧みを感ずる」が「味の点からいふと、充分堪能が出来ない」と批判している（寺田寅彦・松根東洋城・小宮豊隆「漱石俳句研究」前出岩波書店版『漱石全集第四巻月報』一九二八年六月）。「菫程な」の句は、たしかに巧《うま》いのだが、どうも観念的過ぎて、菫に対する作者の愛情がよそよそしくなっていると批評しているのである。観念的過ぎてというのは写実的でなく、頭の中で作った俳句であるという指摘、批判である。しかし、これは漱石俳句の特徴であり、こうした俳句の数はかなり多い。

詩人の日夏耿之介はこうした漱石の俳句を「漱石流のウィッティシズムによる句」と名付けている（日夏耿之介「漱石余裕俳諧」『俳句研究』一九三九年四月）。わたくしはこれらの句には空想的な面白さが満ち溢れており、漱石の機知《ウィット》が生きていると興味津々である。

四

漱石俳句で、どうしても看過できない第三の俳句は、これである。

有る程の菊抛《な》げ入れよ棺の中

美学の東大教授大塚保治《やすじ》の夫人楠緒子《くすおこ》への追悼句である。「菊抛《な》げ入れよ」の上に「有る程の」が付いて、悼む気持ちが強くなっている。

漱石の俳句には、既に取り上げたウィッティシズムによる句が多く、わかる人にはわかり、わからぬ人にはわからないという句が多い。しかし、悼句においては必ず、人々を感動させる。

青梅や空しき籠に雨の糸　（明治四十一年六月三十日）
此の下に稲妻起る宵あらん　（明治四十一年九月）
秋風の聞こえぬ土に埋めてやりぬ　（大正三年十月三十一日）

これらはいずれも漱石が愛した動物の死に対する悼句である。第一番は文鳥の死に対してであり、第二番は『吾輩は猫である』のモデルの猫に対してである。第三番は、愛犬ヘクトーに対してである。こう見てくると漱石は動物好きであり、文鳥、猫、犬と次々に動物と親しく接していたことがわかる。

さて、わたくしが何気なく手にした本がある。三谷昭の編著書『現代の秀句』（大和書房＊大和選書15　一九六九年二月初版）である。その中に漱石の俳句が二句、収められていた。

日の入《いり》や秋風遠く鳴って来る　（明治二十八年九月）
烏《からす》飛んで夕日に動く冬木かな　（明治二十九年三月）

これら二句は、いずれも秀句である。「秋風」「冬木」という季語を巧みに活かしている。また、鋭い視覚のみならず、聴覚も活かしている。俳句に熱中していた頃の漱石の佳句と言える。

第四章　漱石の俳句と謡曲

一

漱石と謡曲のことについては、古川久《ふるかわ》が「俳句や漢詩にくらべ割合軽視されてきた」と述べ、漱石文学を理解する上で「謡曲の影響」は絶対に欠かせないと強調している（注1）。古川の著書『漱石の書簡』には「謡の稽古」と題する章があり、漱石がいかに謡曲に熱心であったかが詳しく述べられている。しかし、漱石に於ける謡曲と俳句との関係について古川は詳しく述べていない。それ故わたくしはこの点を掘り下げて以下、検討する。

二

謡曲のことが漱石俳句に於いて詠まれている場合、その俳句の内容は大きく二つに分けられる。

その一つは、謡の内容そのものではなくて、謡の稽古ないしはそれが演ぜられている雰囲気、或は謡師（演者、役者）の様子などを詠んだものである。もう一つは、謡の世界そのものを具体的に再現しようとする俳句である。この場合、謡曲の作品名や登場人物の名が俳句の中に取り入れられていることが多い。

以上述べた二つのものは、謡の世界を詠んだものであるが、一方はこれという特定の謡曲を指しているのではなく、謡曲の舞台を取り巻く、いわゆる謡曲的ムードをとらえようとしたものであり、もう一方は古来有名な謡曲作品の世界を現在の諸事象と照合させて、その再現を図ろうとしたものである。

謡曲を素材として成立した漱石俳句には、この二種類を見ることができる。しかし、この区別を厳密にできないものもあり、二つの要素がまじりあっているものもある。

三

漱石が俳句を熱心に作り始めたのは明治二十八年（一八九五）である。この年の八月下旬、日清戦争に従軍していた正岡子規が愛媛県松山に帰って来た。そして、二ヶ月ほど、漱石の下宿に宿泊した。この間に漱石は子規に影響を受けて、俳句をたくさん作った。「松風会」という俳句の会に出席し、高浜虚子らと運座や吟行を楽しんだ。

この年の十月、子規は上京する。漱石は松山での田舎暮らしに飽きかかっていたが、俳句を作り、それを東京の子規に送ることで無聊を自ら慰めていた。子規が選んだ漱石の俳句はいろんな新聞や雑誌に載り、漱石の名は俳壇である程度知られるようになった。

翌年の明治二十九年（一八九六）四月、漱石は松山中学校を辞任し、熊本の第五高等学校講師に就任する。この年の六月、貴族院書記官長の娘中根鏡子（二十歳）と結婚式を熊本で挙げる。漱石は三十歳。鏡子の語った『漱石の思い出』（筆録・松岡譲）によると、「新婚早々から、（夫は）気むずかしい態度をとった」という。

しかし、この年の七月、漱石は講師から教授に昇進し、九月初旬、学校が休みであり、鏡子をつれて一週間、北九州を旅行した。また、子規に宛てて手紙や俳句をたくさん送った。

また、この熊本の五高時代に謡を習い始めた。同僚の教授たちが謡を盛んにやるので、漱石も仲間に加わり、稽古をした。詳しくは漱石自身の談話「稽古の歴史」（『能楽』明治四十四年十一月）を参照するとよい（注2）。

明治三十年（一八九七）四月十八日の「正岡子規へ送りたる句稿　その二十四」には次の作品がある。

春の夜を小謡はやる家中哉（明治三十年）
隣より謡ふて来たり夏の月（同前）
肌寒み禄を離れし謡ひ声（同前）
謡師の子は鼓うつ時雨かな（同前）
謠ふものは誰ぞ桜に灯ともして（同前）

これらは漱石の熊本時代の謡の稽古をほうふつとさせる。

その後、漱石は英国に留学する。明治三十三年（一九〇〇）九月に横浜を出発する。そして、明治三十六年（一九〇三）一月、神戸に帰港する。この留学期間中に、子規が亡くなる。明治三十五年（一九〇二）九月十九日のことである。しかし、漱石が子規の死を知ったのは帰国する少し前であったという。今のように携帯電話などの通信機器が発達していなかった当時のことである。

漱石にとって謡は、英国留学中は疎遠になった。英国留学中、漱石が夢中になったのは文学論という文学とは何かという、哲学的、かつ、心理学的、社会学的な学問研究であった。そして、自転車乗りという運動も夢中であった。

そして、帰国後、漱石は再び謡の稽古を開始し、また、俳句を作り始める。

四

明治四十年（一九〇七）七月八日付の小宮豊隆宛ての書簡（葉書）には、「昨夜、藤戸を謡《うた》つた。中々うまい。謡を再興しやうかと思ふ」と記されている。自画自賛のようであるが、漱石がしばらく疎遠になっていた謡の稽古をはじめようとする意思が語られている。

さらに、明治四十一年（一九〇八）二月二十四日付の高浜虚子宛ての書簡（葉書）には、次の俳句が記されている。

鼓打ちに参る早稲田や梅の宵

謡を再興した漱石は、本郷区西片町から移った早稲田南町の家で暮らしている。本郷区西片町の家というのは斎藤阿具という人の持ち家であり、この家を借りていたのである。斎藤が第一高等学校の教授となり、他所から戻ってきたため、漱石の一家は明治四十年（一九〇七）九月、牛込区の早稲田南町の家へ転居した。これも借家である。

この家に住み始めて五ヶ月後に、この句を作った。梅花の盛りの宵、謡の稽古をする漱石の家に虚子のやって来るのを待っているのである。虚子は鼓を打つのが上手であった。

五

謡曲を素材とした漱石俳句の中で、ある具体的な作品世界をふまえている俳句がある。つまり、具体的な謡曲作品に触発されて出来上がった俳句である。さらに言うと、俳句の中に謡曲世界が吸い上げられている趣きの感がある。

具体的に一句挙げてみよう。次の句である。

鵜飼名を勘作と申し哀れ也《なり》

これは明治二十八年（一八九五）作の俳句である。この俳句を初めて見る人は、漱石が鵜飼を見て作ったと思うかもしれない。

わたくしはまず、漱石の趣味である謡曲を思いついた。調べてみると、『鵜飼』と題する謡曲があった。さっそく、そのストーリーを調べた。謡曲『鵜飼』は次のとおり（注3）。

謡曲『鵜飼』では、安房《あわ》（現在、千葉県）の清澄《きよすみ》の旅僧が鵜使いの老人に会うのは石和川《いさわ》である。石和川は甲斐の国（山梨県）にある。

旅の僧（役はワキ）が従僧（ワキツレ）を伴い清澄を出て、六浦《むつら》（横浜市）、都留《つる》（山梨県）を過ぎ、石和に着く。そこで里人に宿を乞うが、断られ、川の傍にある御堂に泊ることになる。すると、老翁（前シテ）が松明《たいまつ》を振りながら現れ、鵜使いの罪業をなげき、悔いる気持を述べる。従僧（ワキツレ）は先年、ここで鵜使いから接待を受けたことを語る。老翁（前シテ）は殺生禁止の石和川に入って鵜を使い、それ故、刑死されたことを語る。そして、自分はその亡者であると明かす。旅僧（ワキ）は罪障懺悔のために今ここで、鵜使いの様子を見せよという。老翁（前シテ）は後《あと》の回向《えこう》を頼み、鵜使いの様子を見せる。

老翁（前シテ）は鵜使いの様子を見せた後、持っていた松明と扇を捨て、「闇路に帰るこの身の名残惜しさを如何にせん」と述べて退場する。

旅僧（ワキ）は川の傍にあった石に経文を書き、亡者を弔う主旨の謡をうたう。次に閻魔大王（後シテ）が現れ、あの鵜使いの男は殺生の罪を重ねて無間《むけん》地獄に堕《お》ちるべきであったが、僧侶に宿を貸した功徳によって救われると述べ、法華経の功徳を説く。「千里が外も雲晴れて」「真如の月や出でぬらん」などとうたい、豪壮な所作を示す。

最後は、閻魔大王（後シテ）が「たとひ悪人なりとても、慈悲の心を先として僧会《そうえ》を供養するならば、その結縁《けちえん》に引かれつつ仏果菩提《ぼだい》に到るべし。」「げに往来の利益《りやく》こそ他を済《たす》くべき力なれ」と結ぶ。

ところで、この謡曲『鵜飼』をふまえて作られた浄瑠璃がある。その題名は『日蓮上人御《み》法海《のりのうみ》』である。

浄瑠璃『日蓮上人御法海《みのりのうみ》』の話の筋は、次のとおり。

初めは、謡曲『鵜飼』と同じである。しかし、途中から違ってくる。

旅の僧が、石和川に入水《じゅすい》する女を見かける。僧は女を助ける。

女から入水のわけを聞くと、こうである。夫の名は勘作《かんさく》といい、貧窮の故、禁断の川で鵜飼をやってしまう。しかし、それがばれて役人につかまる。刑罰が罰金で済むと考え、勘作の母（婆）は金の工面を考える。勘作の母（婆）は孫（男の子）を武士に売り渡して金の工面をする。だが、後で子どもの生胆《いきぎも》をとるのだと聞かされ、母は息子とその妻に言い訳ができず、自害する。一方、勘作（自害した母の息子）は罰金では済まず、斬罪《ざんざい》に処せられる。こうして家族の中がばらばらになっていくが、勘作は亡霊となって、ときどき我が家に帰って来る。

勘作の妻は母（婆）、息子、勘作という三人の死を悲しみ、石和川に入って死のうとする。そこへ僧侶が現れ、女を助ける。そして、わけを聞いた僧侶は役所に出向き、子どもを連れもどす。子どもは殺されず、生きていたのである。子どもは救われた僧侶のあとを慕い、僧侶となる。

謡曲『鵜飼』と浄瑠璃『日蓮上人御法海《みのりのうみ》』を比べて気づくのは、鵜飼を行った男の名前である。浄瑠璃『日蓮上人御法海《みのりのうみ》』では勘作という名前が提示されているが、謡曲『鵜飼』にはその名前がない。すると、漱石のこの俳句は、謡曲『鵜飼』ではなく、浄瑠璃『日蓮上人御法海《みのりのうみ》』に基づくものであると判断することができる。

そして、この浄瑠璃は義太夫にもなった。漱石がこの浄瑠璃や義太夫を見聞した可能性は大きい。

なお、漱石の俳句に、鵜飼を題材にした他の俳句を見つけた。明治三十年（一八九七）の俳句であり、「子規へ送りたる句稿　その二十五　五月二十八日」の中にある。

七筋《ななすじ》を心利きたる鵜匠哉（明治三十年）

この七筋というのが、わたくしにはわからなかった。東京学芸大学の恩師の乙葉弘先生に尋ねたところ、それは鵜匠が鵜をつないでいる糸の数ではないかとのお答を頂いた。本稿の主題である謡曲とは関係がないが、鵜飼との関係で一筆、記しておく。

六

弁慶に五条の月の寒さ哉《かな》（明治二十八年）

これも明治二十八年（一八九五）作の俳句である。これは牛若丸と弁慶の話である。そして、作品の重点が牛若丸にではなく、弁慶に置かれているのは、謡曲『橋弁慶』の世界をふまえているからである。月の出ている夜ふけ、京都の五条の橋の上で、寒さにふるえながら牛若丸を待っている弁慶の姿がユーモラスである。くしゃみでもしたのであろう。

山伏の並ぶ関所や梅の花（明治二十九年）

明治二十九年（一八九六）作の俳句である。この句の世界も謡曲に触発されてできたものである。山伏も関所も、作者が実際に見たものではない。梅の花だけが実際に見たものである。その実際に見た梅の花が作者漱石に謡曲『安宅』を連想させたのである。梅の花――関所――山伏、そのように情景が次々と浮かんで来て、この句が成立したと考えることができる。

東風《こち》や吹く待つとし聞かば今帰り来ん（明治二十九年）

明治二十九年（一八九六）作の俳句である。この句は和歌「たち別れいなばの山の峰に生ふるまつとし聞かば今帰りこむ」のほとんどをそのまま使っている。この和歌は在原行平の作で『古今和歌集』に載っているが、小倉百人一首に出てくるので大変よく知られている。歌の意味は、こうである。わたくしはあなた方に別れて遠い任地の「いなばの国」（今の鳥取県）に出かけますが、そこの山の峰にはえている「松」という名のように、この土地（都）であなた方が待っていると聞いたならば、すぐに帰って来ます。

この歌は謡曲『松風』にも出てくる。諸国を旅している僧が須磨の浦で、海女をやっていた二人の少女（名は松風と村雨）の話を聞く。悲しい話であった。僧は少女たちのゆかりの松を見て霊を弔い、その場で一夜を明かすことになる。すると、その夜、彼女たちの霊魂が現れ、生前、在原行平に愛された昔のことをしみじみと語り、また、二人の間に悲しみが生じたことも語る。僧は念仏を唱え、二人の供養をする。これによって松風と村雨、二人の姿は消えた。

霞みけり物見の松に熊坂が（明治三十年）

明治三十年（一八九七）作の俳句である。熊坂とは、熊坂長範のこと。熊坂長範は平安末期の伝説的な盗賊であり、奥州に行く金売吉次を襲い、その後、美濃国の赤坂の宿で牛若丸に討たれる。謡曲『熊坂』『烏帽子折』に登場する。

熊坂長範は大泥棒の見本のような男である。霞が漂っている、見晴らしの悪い時、彼は物見の松にのぼって、さてどんな様子かなと手をかざして、あたりの状況をうかがっている。そんなおどけた熊坂の様子が、この句から浮かんでくる。

梅散るや源太の箙《えびら》はなやかに（明治三十二年）

明治三十二年（一八九九）作の俳句である。源太とは梶原源太景季《かげすえ》のことである。源平合戦、摂津の国生田《いくた》の戦いで源太は箙（矢をさして背負う武具）に梅の花を挿して奮戦した。そうした源太の奮戦ぶりがこの句からうかがえる。

こうした源太のイメージを漱石は謡曲『箙』から得たと考えることができる。

蝙蝠《かうもり》に近し小鍛冶が槌の音（明治三十六年）

明治三十六年（一九〇三）作の俳句である。小鍛冶《こかじ》とは生没年不詳の刀鍛冶であるが、京都に住み三条小鍛冶宗近と称し、その流れをくむ刃物師の作った刀を小鍛冶と呼ぶ。

この小鍛冶を題材とした謡曲『小鍛冶』があり、さらに謡曲『小鍛冶』をもとにした歌舞伎、義太夫がある。

謡曲『小鍛冶』のあらすじは次のとおり。刀を打てとの勅命を受けた小鍛冶宗近は、稲荷明神の助けを得て、小狐丸という名刀を完成させる。

やや詳しく述べると、次のとおり。一条院の勅使として橘道成《たちばなのみちなり》が宗近の家を訪れ、刀を打ってくれとの宣旨《せんじ》を伝える。すると宗近は、ありがたくお受けしたいのですが、あいにく刀匠の自分の相方となって鎚を打つ者がいないので困っておりますと話す。しかし、宣旨であるからお断りすることができない。困った宗近は稲荷明神に参り、お祈りをする。そして、帰宅し、いざ刀作りの鎚を打とうとすると、突如、少年が現れ宗近の相方をつとめる。こうして、名刀小狐丸が完成する。少年は稲荷明神の化身であった。

この句は夜を徹して刀を打つ宗近の姿をよく伝えている。その真剣な姿、また、鎚を振るう勇壮な姿を「かうもり」に近いと、とらえたのである。

俊寛と共に吹かるゝ千鳥かな（明治四十二年）

明治四十二年（一九〇九）作の俳句である。この句には「題句　五月　蓬草廬主人著『六波羅と鎌倉』の見返しに」という前詞が付いている。

平家物語にゆかりのあるこの著書に漱石の想像力は遠く平安時代、鎌倉時代の世界へと飛翔した。彼の頭をふっとよぎったのは謡曲『俊寛』である。

漱石は著書『文学論』の「第四編　文学的内容の相互関係」「第五章　調和法」の中でも謡曲『俊寛』を取り上げている。

独《ひと》り鬼界《きかい》が島に取り残された俊寛が、自身の悲運を嘆いて口説《くど》く場面は、漱石の心に大変強い印象を与えた。前述の『文学論』第四編「第五章　調和法」には次の引用がある。

俊寛が独り鬼界が島に取り残されてわが悲運を口説くあたりには「このほどは三人一所にありつるだに。さも怖《おそ》ろしく。すさまじき。荒磯島にたゞひとり。離れて海士のすて草の浪のもくづのよるべもなくてあられんものか浅ましや。嘆くにかひも渚の鵆《ちどり》。泣くばかりなる有様かな云々。」とあり。

漱石はこの引用に続く文章で、シェークスピアの劇と謡曲とを比べている。人間の「数奇の運命」を詩化する場合、「自然界の風景」をどのように取り入れているかを比較している。観客の「知」を満足させるという点ではシェークスピア劇が優《まさ》っている。そして、観客の「情」を動かすという点では謡曲が優っている。彼はこう述べる。

漱石は「人事」（人間の「数奇の運命」など）を扱う場合、「感覚的材料」を用いるのが文学の特徴であるとまず、述べている。そして、その「感覚的材料」となるのが「自然界の風景」であると述べる。つまり、文学作品では、目の前に散らばっている「自然界の風景」を幾つか拾い集めて上手に調和させることが大事なのである。

「感覚的材料」の中で「自然界の風景」が観客の「情」を動かすのは東洋のみならず西洋でも同じである。しかし、この点では、どう見ても東洋の文学の方が進んでいる。漱石はそう述べている。やはり、子規と同様の文学観であり、俳句や写生文を得意としたこの時期の漱石の思想がよくあらわれている。

漱石は言う、「彼等《かれら》英人の自然観はたうていわが国におけるがごとく熱情的にあらず。詩歌は必ず風露鳥虫を材として咏出《えいしゅつ》すべしと逼《せま》らるるにあらず。いな多数の人はほとんど自然に対してなんらの趣味をも認めざるがごとし。」（前掲『文学論』第四編「第五章　調和法」）

彼はこのように述べ、東洋の自然観に軍配を上げている。

ところで、この俳句「俊寛と共に……」であるが、中に「千鳥」の語があり、謡曲にある「鵆」と表記は異なるが、この俳句の発想のもとが謡曲『俊寛』であることを示している。

そして、さらに緻密に言うと、謡曲『俊寛』では悲運を嘆く人物俊寛が主であるが、漱石のこの俳句では風に吹かれている俊寛と共にある鵆（千鳥）の方に主が置かれている。このような違いが漱石のオリジナリティの発揮である。

浦の男に浅瀬問ひ居る朧哉《かな》（明治四十三年頃）

明治四十三年（一九一〇）頃の俳句である。これは謡曲『藤戸《ふじと》』の世界である。備前（今の岡山県南東部）の藤戸で功績をあげた武士の佐々木三郎盛綱の話である。彼が浦の男（海沿いの村に住む男）に「この海を馬で渡れる所があるか」と尋ねる。浦の男は「そうですね、川の瀬（浅くて人が歩いて渡れるような箇所）のような所が一箇所あります。月の始めには東にあって、月の末には西にあります」と答えた。

そして、この浦の男はそのような情報を盛綱に伝えた後、盛綱に殺され、海に沈められる。盛綱はその情報が他に漏れないようにと、そのような処置をとったのである。いわゆる、口封じである。しかし、この後、男の母が盛綱の所にやって来て「我が子を沈めた場所はどこですか」と問う。また、男の霊がたびたび現れて、盛綱を苦しめる。盛綱の冷酷さが非難されるのである。それで盛綱は戦のためとはいえ、罪もない一人の民を殺して海に沈めた行為を反省する。

盛綱は男の母に言う、「何事も前世の報いだと思ってください。わたくしはあなたの息子の霊を弔い、また、残された妻子の面倒を見て行きますからご安心ください。今はどうか恨みなど持たぬようにお願いいたします」

こう言って盛綱は男の供養を行う。すると、男の霊魂はようやく成仏する。そして、母も満足する。

この俳句は、盛綱がぼんやりかすんだ不透明な状況の中で、漁師の男に「どこが浅瀬か教えてくれ」と尋ねているようすを伝えている。朧《おぼろ》という季語を上手に活かした俳句である。

経政の琵琶に御室《おむろ》の朧かな（大正三年）

大正三年（一九一四）の俳句である。この句も前出の俳句と同様、朧《おぼろ》という季語を用いている。経政は恒正とも書き、琵琶の名手として知られた但馬守平経政《たいらのつねまさ》のことである。また、御室は「御室の御所《ごしょ》」のことであり、京都の御室にある仁和寺のこと。元号を示す仁和の時代に、宇多天皇が創建した寺である。宇多天皇は譲位した後、この寺に住んだ。これ以後、法親王《ほうしんのう》（出家した後、親王の宣下を受けた皇子）がこの寺に居住したので、「御室の御所」と呼ばれるようになった。

謡曲『経政』の筋は次のとおり。平経政は幼い頃から、「御室の御所」で守覚《しゅかく》法親王（後白河天皇の第二皇子で、出家して仁和寺第六世となる）の寵愛を受け、青山《せいざん》という銘のある琵琶をたまわった。しかし、その経政は源平の戦いの「一ノ谷の合戦」で討ち死にする。青山は仁和寺に預け置かれていた。その後、仁和寺で追善の管弦講（糸竹の回向。音楽を奏して弔う法事）が開かれる。経するると、そこになつかしい琵琶の音と、御弔いのありがたさに感激して経政の霊が現れる。経政の霊は守覚法親王からたまわった名器青山をなつかしがりつつ琵琶を弾き、常に争いの絶えない「阿修羅の世界」に生きる苦しみを伝える。

この俳句は、経政の弾く琵琶の妙なる音と、「御室の御所」の朦朧とした春の夜の空気が溶け合って、非常に神秘的な世界を作り出している。

七

本稿では漱石文学における謡曲の影響を俳句に限定してまとめた。しかし、漱石の小説に謡曲の名が出てくる作品がある。一例をあげると、『虞美人草』に『船弁慶』、『行人』に『景清』の名がそれぞれ出てくる。

また、『草枕』は、古川久によれば「能楽的小説」であり、主人公の画工が旅の途中で会う人物は「能の仕組み」や「能役者の所作」に見立てることができると述べている（注4）。

さらに、『草枕』には長良乙女伝説が出て来るが、この伝説に関連する謡曲として檜谷昭彦は『求塚《もとめづか》』を挙げている（注5）。

謡曲『求塚』の筋は次のとおり。都へ上ろうとする西国の僧が摂津の国（現在の大阪府）生田の里で、若菜を摘んでいる女と出合う。僧は女に案内されて求塚（土が小高く盛り上がっているお墓）に行く。すると、二人の男に求婚されて身を投げた菟名日乙女《うなひをとめ》の霊が現れる。そして彼女は僧に地獄の苦しさを告げる。この謡曲の素材となったのは、菟原処女（うなひをとめと読む）の伝説であり、菟原処女の墓所とされる求塚は現在の神戸市灘区及び東灘区にある。

檜谷は『草枕』の登場人物志保田那美と『求塚』の亡霊との内的関連を指摘している。謡曲に詳しかった漱石であるから、『草枕』の那美や長良乙女伝説に『求塚』の女性イメージを付与したと考えるのは自然であり、特に異論はない。すなわち、小説における作中人物のイメージはいろんなものから作り出されるのである。それは漱石が実際に見た絵画や能であっても何の不思議はない。

以上、管見に入った参考文献二点を記しておく。漱石文学と謡曲との関係についてはまだ開拓しなければならない部分が残っているが、漱石俳句と謡曲との関係については本稿で、ある程度のことを明らかにし得たと思う。

注

（1）古川久『漱石の書簡』（東京堂　一九七〇年十一月）一六三～一六九ページを参照。
（2）談話「稽古の歴史」は岩波書店版『漱石全集　第十六巻　別冊』（一九六七年四月）に所収。
（3）以下、謡曲の典拠については檜書店発行（昭和三十九年～昭和五十二年）の観世流大成版（著作者二十四世観世左近）を参照した。
（4）古川久「漱石と能楽」（『政界往来』一九六〇年十一月）。
（5）檜谷昭彦「『草枕』の世界」（『国文学　解釈と鑑賞』一九七〇年九月）。

第五章　里見美禰子と杉村秋美 ――『三四郎』の女性像を追って

一

文学作品に登場する人物の像をどう考えていくか、この問題は古くて新しい課題である。それは文学作品を作者の側からでなく、読者の側から見て行こうとするものである。それはいわゆる「読者論的の読み方」と呼ばれるものである。高度情報社会・映像文化時代の今日において望まれるものである。

「読者論的の読み方」は世界的には二十世紀の前半にイギリスの文芸評論家I・A・リチャーズらによって提唱され、その後、アメリカに伝わってニュー・クリティシズムの流れを作った。日本では昭和三十年代の後半、英文学者の外山滋比古《とやましげひこ》によって主に提唱された。それが通説である。

しかし、わたくしの調査によると、日本における読者論及び読者論的の読み方の提唱は外山の提唱より遡ることが明らかになった。それは具体例として一つあげることにする。桑原武夫の読者論である。桑原の著作「小説の読者」（『思想』昭和十年九月）「芸術家の実生活と作品」（『文学界』昭和十六年八月）である。それは読者論の嚆矢《こうし》的古典とされるリチャーズの『文芸批評の原理』（一九二四年）と時期的なへだたりがない。

桑原武夫の読者論を述べてみよう。桑原は文学作品そのものの「美的理解」を目指し、「作品のスティル（文体）」や「作品そのものの美」に注目した。自分は作家の生活と作品を結び付けることができるのはスティル（文体）以外にないことを知り、鑑賞はスティル（文体）から出発すると述べている。それは読者の読み方を重視している。

桑原の読者論は、作家の伝記的なものの追求に耽る研究的読者の盲点と性急さを指摘し、「鑑賞すること」の第一を述べた。それはフランスの作家アランの「散文論」からの影響があると言える。

二

文学作品を読む時の、読者（読み手）の鑑賞行為は読者の主体性として重視される。鑑賞行為は、作中人物を読み手がどのようにイメージしていくかに関係する。作中人物に対する読者のイメージ化作用の問題である。

作中人物のイメージ化を考えていくと、挿絵やマンガの働きが浮かび上がってくる。夏目漱石の作品『三四郎』を「キャンパス・ラブの物語」として読んでみる。これは一つの例である。また、マンガではないが日本の古典文学を現代の文学作品に描き直すものがある。それは橋本治という作家が『枕草子』を現代の女子高校生の言葉と感性で描き直し、すぐれた作品を発表した。このような不思議なことを考えながら、『三四郎』と現代マンガの関わりを、わたくしは夢のように考えてみた。

三

『三四郎』の作中人物の里見美禰子を、あなた方はどのようにイメージするだろうか。美禰子は落ち着いて、しっかりしている。三四郎は、美禰子が自分に対して惚れているのか、それとも、馬鹿にしているのか、よくつかめない。三四郎は広田先生の引越しの手伝いを頼まれ、引越し先の家の二階で美禰子と会う。美禰子は手伝いを頼まれ、引越し先の家で荷物の片づけをしていた。片づけが終ると、二人で二階の窓から家の外を見た。秋空の雲が空に浮かんでいた。その雲を見て美禰子は「ストレイ・シープ、ストレイ・シープ」と繰り返した。ストレイ・シープとは、「迷える子羊」のことである。

また、『三四郎』には別の場面がある。三四郎は野々宮宗八らと一緒に団子坂の菊人形を見に行った。宗八の妹よし子、それに友だちの美禰子も同行した。見物の合間に美禰子は大勢の人中で気分が悪くなり、人並から外れた。その美禰子を見守る役で三四郎は美禰子について行った。そして、二人は田端の小川の縁《ふち》に坐った。その時、三四郎は美禰子から意表をつかれ、この人は「かなわない人」だと思った。

こうして、わたくしはずっと里見美禰子のイメージを追っていた。そして、ふとマンガ『翔《と》んだカップル』（作者＝柳沢きみお）を読んだ。すると、里見美禰子にそっくりの女性像を発見した。それは杉村秋美である。

彼女は静かな女性であり、聡明である。そして、落ち着いている。しかも、「謎の女性」であり、大胆なところがある。マンガの主人公は男性の田代勇介《たしろゆうすけ》である。彼は秋美にはかなわないと思いつつ、彼女の魅力にひかれながら接近していく。それはわたくしの見方によれば、ヴァランス夫人とジャン・ジャック・ルソーとのようである。

秋美は包容力のある少女であり、彼女の心は慈母のように成熟している。男の勇介が彼女に魅力を感じるのは当然である。

＊補記

1　この文章の初出は題名「里見美禰子と杉村秋美」で、『埼玉新聞』一九八八年（昭和六十三）九月六日（火曜日）に掲載された。ここでの文章は若干、補足・修正がある。

2　柳沢きみお『翔《と》んだカップル』第七巻からの挿絵を『埼玉新聞』前掲紙（一九八八年九月六日）に掲載した。

第六章　家族小説としての『門』

一

夏目漱石の『門』は一九一〇年（明治四十三）三月一日から同年六月十二日まで、全百四回にわたって朝日新聞に連載された。漱石四十三歳の作品である。

この作品を初めて読んだのは確か、大学二年の時であった。その時は「変な作品」という印象であり、作中人物の宗助、お米《よね》という夫婦が世間から隠れて暮らすのが何だか、じじむさい感じで、わたくしにはどうもお呼びでない（つまり、関係がない）と、思ったりした。

そして、クラスの雑誌にささやかな作品論を書いた時、宗助、お米の夫婦にもし子どもがあったらどうなっていただろう、などと記した。あの時、どうしてそんなことを記したのだろうと、今になって自己分析してみると、我ながらなかなか面白い。

「変な作品」「じじむさい」と一方で規定しつつ、また、一方で深く固執していたのである。しかし、若い青年のわたくしには当時、その固執する源が全く見えなかった。

二

今再び考えてみると、『門』が投げかけている問題は、家族及び子どもの問題である。ひと組みの他人同士である成人の男女が、いっしょになって家庭をもつ。そして、そこに二人のエロス的関係の所産としての子どもが誕生する。

子どもは幼いうちは親によって養育される。その子が学齢期に達すると、親は養育の一部を、制度としての「学校教育」に委ねる。子どもは、親の下《もと》での「家庭教育」と、制度としての「学校教育」との間で行き来しつつ、時には浮遊しながら、自己を確立していく。

子どもはやがて家庭と学校を離れて、一般社会の中に飛び込んでいく。そして、社会的成人(いわゆる、大人)になっていく。

子どもが幼年期から出発して、少年少女(児童)期——思春期——青年期——成人期という一連の発達をする過程において親は、養育者としての喜びと辛酸を味わう。特に子どもの少年少女(児童)期と思春期において親は予想外の辛酸を味わう。

そのことを評論家の小浜逸郎は著書『方法としての子ども』（大和書房　一九八七年七月）の中で、「養育の背理」と述べている。つまり、親が子どもに愛を傾け、力を尽くして育てれば育てるほど、子どもは親を去っていくというのである。

この、親が味わう孤独体験、それを『門』の夫婦、宗助とお米《よね》が味わっている。作品を見てみよう。

「何だって、あんなに笑うんだい」と夫が聞いた。けれども、お米の顔は見ずに、かえって菓子皿の中を覗いていた。

「あなたがあんなおもちゃを買ってきて、面白そうに指の先へ乗せていらっしゃるからよ。子どももないくせに」

宗助は意にも留めないように、軽く「そうか」と言ったが、後からゆっくり、「これでも元は子どもがあったんだがね」と、さも自分で自分の言葉を味わっているふうに付け足して、生ぬるい眼を挙げて細君を見た。お米はぴたりと黙ってしまった。

（『門』第三章より）

ところで、漱石の作品『こゝろ』（大正三年）の「先生」と「お嬢さん」の夫婦にも、子どもが存在しない。しかし、「お嬢さん」と「私」（「先生」の弟子）との間には、子どもができるかもしれないという可能性は皆無ではない。

また、『門』の場合、宗助の弟・小六《ころく》とお米《よね》との間に子どもができるかもしれないという予想も皆無ではない。しかし、小六がお米の方に動き出すのは倫理的に許されるのかどうかという問題はある。禁制を犯す緊張感が漂う。

三

漱石作品の場合、『門』にしても『こゝろ』にしても、主人公の男（宗助、先生）はいずれも孤独である。しかも、彼らはその孤独感を他者に向かって開いていこうとしない。すなわち、孤独の洞穴に閉じこもるのである。子どもが不在であるという設定は、このことと関係があると、わたくしは思う。

『門』の場合、宗助はそのような純粋孤独（つまり、絶対的な孤独）に耐えなければならない人物として造型されている。そして、そのような不幸な宗助を慰撫する隣人として、お米が造型されている。

次の箇所を見てみよう。

お米は障子の硝子に映る麗《うら》らかな日陰をすかしてみて、「本当にありがたいわね。ようやくのこと、春になって」と言って、晴々《はればれ》しい眉を張った。宗助は縁に出て長く延びた爪をきりながら、「うん、しかし又じき冬になるよ」と答えて、下を向いたまま鋏《はさみ》を動かしていた。（第二十三章より）

『門』のこの末尾は、宗助を慰撫するお米の役割が大きいことを象徴している。つまり、純粋孤独に耐えようとしている宗助に、やさしいお米をそっと寄り添わせることによって、彼の孤独を夫婦一体で乗り越えさせようとしているのである。

宗助・お米の夫婦は子どもを持つ親ではない。しかし、子どもが去った親の孤独体験と類似する「寂しさの体験」をしている。この類似性によって、現代の我々読者を感動させる。それがわたくしの言わんとする、「家族小説として」の『門』という読み方である。

『門』が、家族、子ども、家庭を考える作品として読まれていく可能性は、なきにしもあらずである。

このような読み方ができるなど、大学生時代のわたくしには想像もできなかった。

第七章　石坂養平と夏目漱石

埼玉の生んだ、卓越せる近代の文芸評論家石坂養平《いしざかようへい》（一八八五〜一九六九　熊谷生まれ）について、少し書いてみたい。

埼玉では「文芸評論家としての石坂養平」という視点は、これまであまりなく、どちらかというと政治家（県会や国会の議員）、及び実業面（企業）の役員などの活躍で知られた人である。その石坂が『帝国文学』や『早稲田文学』という雑誌で文芸評論の筆をふるったということを、世人はほとんど知らなかった。

ところが、きたむさし文化会を主宰する宮崎利秀さんらの努力によって「石坂養平特集」（『きたむさし』第三号）が編まれたりして、「文芸評論家としての石坂養平」がクローズ・アップされてきている。

宮崎さんはその特集号の中で、石坂の著書の解題をしたり、精細な年譜を編んだりして、資料的にも密度の高いものを目ざしている。「文芸評論家としての石坂養平」を世に伝えんとする情熱と意欲がうかがえる。

わたくしは過日、宮崎さんを訪問した際、宮崎さんの宅に運ばれてきている石坂養平のおびただしい蔵書の類を見聞する機会を得た。

埃を払いながら、その一冊一冊に目を通して、感激することが多かった。

文豪夏目漱石の蔵書については、岩波版全集にその目録が載っている。それら書物の一覧を眺めていると、漱石という偉大な人物を作り上げた書物の力に、あらためて驚かされる。石坂養平の蔵書を見ても、やはり同じ感動を受けたが、とりわけわたくしの注意を引いたのは、雑誌『帝国文学』である。

菊判でページ数は平均一五〇という、なかなか立派な雑誌で、内容は文学事典などで「アカデミズムに基づく高踏性が強い」などと評されながらも、大正の中ごろまで続いた。中身は評論が多いが、それでも漱石「倫敦塔」、鷗外「北條霞亭」龍之介「羅生門」などの忘れ難い創作が掲載されている。

石坂養平の文章で最初に載ったのは「ズーデルマン研究」(明治四十四年八月号)で、その時、石坂は文科大学哲学科に在学中、弱冠二十六歳であった。その後、「鈴木三重吉論」(明治四十五年五月号)「有島武郎論」(大正八年十月号)と矢継ぎ早に評論を発表し、特に後者は有島と往復書簡を交わすくらいの激しさで、当時の文壇でかなり話題となった。

さて、石坂養平所蔵の『帝国文学』は現在では散逸したものも多々あり、むしろ、欠号の方が多すぎるという状態であるが、その中の一冊にわたくしの眼は釘付けになった。

それは『帝国文学』第拾巻第一（明治三十七年一月号）である。石坂の年譜によれば、石坂が仙台の第二高等学校から東京帝国大学に入学し、しかも当初の理科志望から文科志望へと切り替えたのが明治三十九年以降である。それ以前に『帝国文学』を手にしていたというのは、仙台の第二高等学校在学中に既に文学への関心が高かったということである。しかも、驚くべきことに、この雑誌の至るところに毛筆で、黒々と書き込みがある。わたくしはこれは、石坂養平自身の書き込みであると判断した。

『帝国文学』のこの号には、夏目漱石の評論「マクベスの幽霊に就《つい》て」が載っているが、この評論についての石坂の書き込みが特に多い。

漱石の評論「マクベスの幽霊に就《つい》て」のわたくしの論文は別途、発表した（注1）が、この書き込みからうかがえるのは石坂養平の、漱石に対する並々ならぬ関心の高さである。

石坂養平にとって漱石は、絶えず、憧憬と崇拝の的であった。石坂は後日、『帝国文学』大正元年十二月号に評論「文壇の批評」を発表する。これは漱石が評論「文展と芸術」（『朝日新聞』大正元年十月十五日〜二十八日）において「芸術は自己の表現に始まって、自己の表現に終るものである」という主旨の論を述べたのに対して、高村光太郎がそれに反論した、その高村の論に対して石坂が、漱石の論旨をさらに高い次元から展開して評価したものである。この、評論「文展と芸術」をめぐる論争に関してはわたくしが別途、詳しく記しているので参照していただけるとありがたい（注2）。

また、石坂養平は『帝国文学』以外にも、数多くの文芸評論を発表している。その代表的な一つが「芥川龍之介論」（『文章世界』大正八年四月号）である。その中で石坂は、芥川がよく行う「（自分は）怠惰なる学生であった」という自嘲に対して、「自嘲は元来、自嘲者の優秀非凡なる卓越性を予想しなければ、つまらないものになるのだから、夏目漱石くらいのえらさに達しないうちはやめた方がいいということである。その方が氏の将来の大となる所以であると私は思う。」と、漱石を持ち出して龍之介をいさめている。

再び、宮崎利秀さんの宅で眼にした雑誌『帝国文学』の数々の話に戻るが、この雑誌を見ていると、漱石の執筆した作品に傍線や圏点が多く施されている。それは所蔵者の石坂養平が漱石に強い関心を持っていたことを物語っている。石坂養平が直接、漱石に会ったかどうかわたくしにはわからないが、直接に会わなくても、ひそかに兄事（もしくは師事）することがあるのだということが、感慨を呼ぶ。

注

（1）竹長吉正「漱石「マクベスの幽霊に就《つい》て」の論」（埼玉県高等学校連合教育研究会・埼玉県高等学校国語科教育研究会『研究集録』第十二号　一九七三年三月）参照。

（2）竹長吉正「夏目漱石と高村光太郎――美術批評『文展と芸術』を中心に」（大東文化大学『日本文学研究』第十三号　一九七四年一月）及び、同「夏目漱石と高村光太郎」（高村光太郎研究会『高村光太郎研究』第六号　一九七七年一月）参照。

第八章　漱石ゆかりの人、日高只一

一

日高只一《ひだかただいち》については拙著『若き日の漱石』（右文書院　一九九二年十一月）で若干ふれたことがある。

日高は広島県の出身であり、早稲田大学の英文学教授を長くつとめた。日高が三十歳の時、夏目漱石と、いわゆる「コンラッド論争」を起こした。「コンラッド論争」とは、簡単に言うと、作家ジョゼフ・コンラッド（Joseph Conrad 1857–1924）の作品の評価に関して日高と漱石との間で行われた論争のことである。但し、その時日高は本名の日高只一を用いず、日高未徹《みてつ》を用いていた。当時、自然主義文学の牙城であった早稲田大学に学んだ日高は、島村抱月などの薫陶を受けていて自然主義文学の思潮に凝り固まっていた。そして、漱石はというと、反自然主義文学の余裕派・てい徊趣味の作家と言われた。そういう関係もあって、当時の日高はコンラッドの作品評価をめぐって、漱石にかみついたのである。なお、詳しくは拙著『若き日の漱石』を見ていただきたい。

ここでわたくしが書こうとするのは「コンラッド論争」のことではない。漱石に論争を挑んだ果敢な学者・評論家日高只一についての、わたくしのその後の研究成果の一端である。

二

日高只一の比較的、晩年の著書である『娯楽と民間芸術』（理想社　昭和十六年十一月一日発行）を見ることができた。以前から見たいと思っていた本であるが、なかなか見ることができなかった。古書店の目録で見つけて注文したところ、運良く抽籤《ちゅうせん》に当たり、本が送られてきた。

さっそく開いて読んでみた。

すると、「緒言」に次のように書いてある。

著者は年来、純正な芸術が商業主義即ち営利主義のために害せられ、毒せられ、だんだん堕落して、その価値を低下しつつあるのを慨嘆し、これを救う一助として、稚拙でありながら、利害を超越せる純真の芸術運動から生れ出た民間芸術に多大の関心を持ち、日本内地においてはもちろん、海外においても、材料の蒐集と研鑽に心を傾けること二十余年に及んだ。（＊引用に際し、現代表記に改める。以下同様）

ここには日高が民間芸術にのめり込んでいった理由が述べられている。

本書『娯楽と民間芸術』の中身は、大きく「総論」と「各論」に分かれている。「総論」は民間芸術に関する理論を中心に述べたものであり、「各論」は民間芸術の個々についての見聞記である。

「総論」には、「娯楽と民間芸術」「労働と芸術」「郷土芸術の推移」「民衆芸術観」「民間芸術と全体意識」「農民芸術に就いて」等の文章が並んでいる。また、「各論」には、「キリスト受難劇（ドイツのオーベルアムメルガウ）」「民衆オペラ（イギリスのオリック古城内）」「野外劇ピルグリム・スピリット（アメリカ合衆国のプリマス）」「熱海町の為のペイジェント（作・坪内逍遥）」「秩父の大祭とペイジェント」「秩父神楽」「祇園祭」「愛知・津島神社大祭」「鹿児島・大隅岩川八幡の例祭」等を取り上げて、その見聞事を叙述している。

三

わたくしの目は「秩父の大祭とペイジェント」「秩父神楽」の二文に釘付けになったのである。

日高只一は大正十五年（一九二六）十二月三日の早暁、東京の家を出て埼玉県の熊谷に向かった。そして、熊谷発午前八時四十九分の秩父電鉄の電車に乗り、十一時、秩父駅に到着した。

彼はまず、秩父神社に向かった。この時のことは次のとおり。

この社に着いた時には、広い社庭は既に身動きもならぬほど幾千の群れに埋められていて、神鼓の響き、笙、篳篥《ひちりき》の音が神々しく四囲に広がり渡って、大祭の儀式が社殿に行われつつあるのを（＊案内人が）語る。神門に出入りする群衆、引きも切らず、門の内外には護符（＊おまもり）を頒与《はんよ》する所が幾箇所も設けられて、民衆は或は育児の護符、或は火難除《よ》け、或は盗難除け、或は五穀豊穣、或は何、或は何と種々の護符を求めるのである。神社に集まる民衆の姿を描きながら日高は、祭礼の中から生まれ、かつ、それが野外劇として発展したのが「神楽」と「屋台劇」だと指摘する。
それから日高は、神社の中の神楽殿で演じられる秩父神楽と、屋台の上で演じられる歌舞伎劇を鑑賞した。その様子を次のように記している。

夜になると、この六個の屋台は、おのおの周囲に幾百のボンボリを下に幾層、また幾百の丸提燈《まるちょうちん》を上に幾層点じて、社《やしろ》近く集まって不夜城の観を呈す。

日高はこの日、夜の十二時過ぎまで祭りを見物し、秩父の宿に泊《と》まった。

四

日高はこの年（一九二六年）、祭り以前の十一月六、七日、秩父を訪れている。それはイプセン会（＊劇作家イプセンを顕彰する会）の会員や、早稲田大学演劇研究会の会員たちと一緒である。中村吉蔵、小寺融吉、永田衡吉らがいて彼らと共に、秩父神楽を鑑賞している。それは秩父夜祭の当日だと、神楽の上演は十二座か、十五座くらいになるからであった。演じられる秩父神楽の全体数は三十五座あったと日高は記している。

なお、日高は秩父神楽についての実地見聞と、その考察の結論を次のように記している。

右の如く秩父神楽を観察してみると、同神楽はその起源由来のいかんにかかわらず、運動美と音楽美と、さらに仮面に現れた形態美とを総合し調和して、渾然《こんぜん》たる芸術を作りだしたものである。もし今日の新舞台芸術の根本精神が総合調和にあり、さらに想像にあり、さらにシンプリシティにありとすれば、秩父神楽の如きは実に古くして、なお新しい生命を有する芸術であると言ってよいと思う。

この結論は秩父神楽の特色をよく言い当てていると同時に、日高只一の民衆芸術観を如実に物語っている。そして、秩父神楽の伝統を受け継いでいる埼玉県民にとって、大変ありがたいエール（応援の声）である。

そして、『娯楽と民間芸術』という一冊の本は、英文学者日高只一のもう一つの顔をうかがい知る上で貴重なものであった。

五

ところで、日高只一についての人物批評を別の文献で目にすることができた。それは早稲田大学文学部文学科イギリス文学専攻の卒業生であり、後に早稲田大学政治経済学部の教授となった英文学者大内義一の筆になる文章「日高只一先生」である。この文章の初出は『近代日本の早稲田人五五〇人』（一九七七年九月）だが、わたくしが見たのは大内義一の著書『時と人と處と』（開文社出版　一九八二年一月）である。

それには次の文がある。

年譜にしたがうと日高只一先生が早大を卒業されたのは、明治三十八年のことで、文学部第一回の卒業生であり、二十六歳のときのことである。当時の多くの学生がそうであったように、先生も比較的晩学であり、文学部の創始者坪内逍遥先生の学徳をしたって、はるばる広島から遊学されたのであった。

こころみに先生の『英米文芸随筆』をひもとくと、その殆んどが坪内博士を偲ぶ思い出の記事で満たされており、逍遥先生に顕現したシェークスピア敬慕の精神が、直接日高先生をして、演劇に対する関心を持たしめ、ショウ、ゴールズワージ、シングなどについて筆を執《と》らしめたことが分かる。

大内は、日高只一の「学問に寄せる関心の幅広さ」を説き、英文学のみならず、晩年は『アメリカ文学概論』等の著書を出版し、アメリカ文学の研究における先駆者であったと述べている。

さらに大内は、ペイジェントに関する日高の関心について、次のように述べている。

先生は忠実な逍遥博士のお弟子さんだったから、日本において唯一のペイジェント劇を創作された坪内博士（中略）にあやかられて、最後まで日本各地に残る民間芸術に関心をよせられたのである。

この部分は、わたくしがこの稿で前に述べた『娯楽と民間芸術』の箇所と照応している。

さらに大内は「日高只一先生」の末尾で、次のように記している。

先生は学問の上で、たしかにパイオニアであったが、才筆をふるわれて後世に長く残るような業績を残されたわけでもない。先生が記憶に残るような功績をあげられたのは、坪内先生の最初のお弟子さんとして、逍遥先生の築かれた伝統を忠実に守り、後進に誤りなく伝えたことにある。

これは率直な印象であろう。しかし、わたくしには異論がある。それは若き日の日高只一（未徹と号していた頃の日高）がジョゼフ・コンラッドの作品評価をめぐって夏目漱石と論争したことを看過しているからである。確かに日高只一は坪内逍遥の忠実な弟子であったろう。これには異論がない。しかし、日高只一は夏目漱石と果敢に論争したし、また、坪内逍遥の手の及ばなかったアメリカ文学研究に幅を広げている。このようなことを重く見ないで、ただひたすら逍遥のお弟子さんだったとする結論はいかがなものだろうか。特に日高は日本人として初めて存命中のジョゼフ・コンラッドに会い、その訪問記を綴っている。詳しくは日高只一の著書『英米文芸印象記』（新潮社　大正十三年十一月）所収の「コンラッド訪問記」を見るとよい。坪内逍遥にはコンラッドなど皆目、通じなかったであろう。わたくしは日高只一こそ、日本におけるコンラッド研究・紹介の嚆矢であると見て、その仕事をたいへん高く評価している。

日高只一は早稲田大学文学部文学科イギリス文学の伝統を坪内逍遥に次いで守り抜くと同時に、さらに英米文学研究の地平を自らの独自性でさらに幅広く切り拓いたのである。

以上、『娯楽と民間芸術』に関連する日高只一研究の補説として記しておく。

第九章　漱石ゆかりの人、四方田美男

一

　埼玉県と漱石のことに関して、わたくしはこれまでいくつかの文章を書いてきた。その中で、特に書いておきたいのは四方田美男（よもだ・よしお　一八九四〜一九八二）のことである。詳しいことは『埼玉大学教育学部紀要（人文・社会科学）』第五十四巻第二号（二〇〇五年）に掲載の「漱石後期の手紙」に書いたので、それを見ていただきたい。ここ（第九章）ではごく限られたことだけを記す。

二

夏目漱石といえば、知らない人がいないほど有名な文学者である。千円札の顔になった人でもあり、『吾輩は猫である』『坊《ぼ》っちゃん』などの作品で楽しんだ人も多いであろう。ところで、この漱石に手紙を出し、文学者になるためにどうしたらいいかを尋ねた青年が秩父にいた。

その人の名は、四方田美男。彼は数え年二十一歳、大正三年（一九一四）に初めて漱石に手紙を出し、それ以後、大正五年（一九一六）一月まで、漱石と手紙のやり取りをしていた。数はそれほど多くはないが、漱石から返事をもらっている。驚くべきことである。今なら、そんなことは到底ありえないことである。

出したのもびっくりするが、返事をもらったのも大おどろきである。若い青年四方田は天にも昇る驚きと嬉しさであっただろう。

漱石が亡くなったのは大正五年（一九一六）十二月九日であるから、四方田は漱石晩年の約三年間、手紙を通して漱石から教えを請うたことになる。

なお、四方田は漱石の家を訪問していないし、実際に面談したことはない。

三

今の人なら、手紙をもらえば、すぐに喜んで会いに行ったであろうが、四方田はそうはしなかった。会いに行けば会ってくれたかもしれないが、会いに行かず、手紙を通して文豪からの助言や何かを待ち望むというのが四方田の喜びであったのかもしれない。

今は携帯電話などが発達して、手紙を書くなどというまどろっこしいことはやらないのが若者の常であるが、大正時代の頃は手紙を書く喜びや、手紙をもらう喜びということが充分に存在していたのである。

当時、四方田の住んでいた秩父郡樋口村（現在、長瀞町樋口）から漱石の住む当時の東京牛込区早稲田南町まで行くのは容易ではなかった。だから、手紙にしたということも考えられる。

漱石が四方田に与えた手紙は全部で六通である。それらはすべて漱石全集で見ることができる。ここではその一部を取り上げる。

まず一枚（注1）は次のとおり。

号などはいらぬものですから、よしになさい。私は号をもっているが、号をもっていない人がつまらないという訳にはなりません。つまり私は余計なものをもっているのであります。

これは若い四方田が雅号（ペンネーム）をつけて欲しいと要望したことについての漱石の返事である。

体《てい》よく断っているが、ここには漱石らしい論理が読み取れる。つまり、若者に対する、人生の先輩としてのアドバイスである。若者はややもすると、人生の先輩に対して、いわゆる「おねだり」をする。このおねだりは、若者特有の「甘え」である。この若者の「甘え」を老婆や老爺、また、心優しすぎる人は断り切れず、つい応じてしまう。すると、とんでもないことが起こったりする。そのような危険がある。

しかし、ここでの漱石の断りは、若者の「甘え」に応じず、自分で考えろと突き放すものである。「冷たい人」だと受け取られるかもしれないが、この対応はすばらしいとわたくしは思った。

また、若い四方田に宛てた他の手紙もある（注2）。

注

（1）大正三年四月十日、四方田に出した漱石の手紙。
（2）他の手紙は五通ある。詳細は第十章を見ていただきたい。

第十章　漱石後期の手紙　――四方田美男宛など

一

山岸外史はその著『夏目漱石』（弘文堂書房　昭和十五年十二月）の中で、その論評姿勢において始め盛んに漱石文学の倫理臭さや達観さを批判するが、終末に至り漱石の手紙を取り上げて論評するようになると完全にこれに屈服するという、そのような変化を見せている。鏡子夫人に宛てたもの、若い雲水鬼村元成《きむらげんじょう》に宛てたもの、京都祇園の女将磯田多佳《いそだたか》に宛てたものなどを読み山岸は漱石の手紙にいたく感動している。山岸は次のように書いている。

（前略）漱石はたしかに、手紙の世界は、小説以上にムキで夢中になって書いたことが多かったのである。同時に、漱石の人間性は、漱石その人の文学よりもさらに面白かったのである（注1）。

漱石の文学は「知性」と「倫理」で書かれているから面白くないと批判していた山岸が、ふと全集の書簡集の巻を読み始め、「ああここに自分の求めてきた漱石の素顔がある」と感動したのである。山岸の『夏目漱石』はそのような意味で、漱石の文学作品とは異質な手紙の価値を世の人々に伝えた極めて早い時期の文献であるということができる。

次に小宮豊隆は赤門文学会編の『夏目漱石』（高山書院　昭和十九年六月）の「序に代へて」の中で磯田多佳宛《あて》の手紙を取り上げ、この手紙に表れた漱石の態度は「（倫理的に＊但し、この語は引用者竹長補記）より高い所に立つ者が相手にはっきり善悪正邪のけじめをつけて見せた上で、手を貸して、相手を自分の位置まで引き上げようとする」態度であるとしている。また、そうした態度は、同時に彼の文学作品（『硝子戸の中』『道草』『明暗』など）に表れた漱石の態度でもあると小宮は述べている。小宮は漱石の文学作品を解読するキー（鍵《かぎ》）が彼の手紙の中に潜んでいると考えているのである。

山岸は漱石の文学作品では満たされぬものが手紙にはあると考えているが、いっぽう、小宮は漱石文学のエッセンスにつながるものが手紙にあると考えている。どちらも漱石の手紙の価値を認めているのだが、その価値判断の姿勢に若干の相違がある。

本稿では小宮のような姿勢はとらない。つまり、漱石の手紙を分析・検討することを通して漱石文学のエッセンスにつながる思想的要素を明らかにするという姿勢はとらない。また、山岸のような姿勢で漱石の手紙を読もうとするものでもない。つまり、漱石の文学作品で得られないものを手紙に求めようとするのでもないのである。本稿では漱石より年齢の若い人々、また、漱石と深いつきあいでない人々（一度も会ったことがない人を含む）、東京ではなく地方に住む人々、そのような人々に対して漱石がどのような手紙を書いているのかに問題を焦点化して彼の手紙意識（コミュニケーション意識）を探ってみる。そして、それは今日の我々を取り巻く通信メディア環境の中での、我々の手紙意識とどのように違っているのかについて考えてみる。

二

漱石の書簡についての概観を述べておく。それは本稿においてなぜ後期（大正三年以後）に限定するのかについての理由説明にもなるからである。

岩波の漱石全集（平成五〜十一年版）によれば書簡総数は二五〇二通（年次未詳十六通を含む）である。最も多く書かれた年は明治四十年の二五一通、次に多いのは明治三十九年の二四二通である。全集は明治二十二年（一八八九）から大正五年（一九一六）の二十八年間の書簡を収録しているから、年平均八九通の手紙や端書《はがき》を書いたことになる。月割りにすれば毎月約七通である。明治四十年には月平均二一通、明治三十九年には月平均二〇通書いたことになる。以上のことから漱石が如何に筆まめであったかがわかる。

しかし、明治四十一年（一九〇八）から書簡数が減っていく。明治四十一年は総数一三三通である。明治四十二年（一九〇九）一一九通、明治四十三年（一九一〇）一〇四通、明治四十四年（一九一一）一九一通である。明治四十一年から書簡数が減っていくのは朝日新聞の小説連載が忙しくなったためである。ちなみにこの年は一月に「坑夫」の連載開始、四月終了。九月、「三四郎」の連載開始、十二月終了。また、明治四十三年の八月は修善寺の旅館で胃潰瘍のため大量の血を吐き人事不省に陥った。いわゆる、「修善寺の大患」があった。よって書簡数が激減しているのである。明治四十四年は体調がやや回復したので、また書簡数が増えている。

書簡数の最も多い明治三十九年、四十年は「坊っちゃん」「吾輩は猫である（最終回）」「草枕」「野分」「虞美人草」などを書き創作に意欲を燃やしている。それと同時に、教職を辞《や》めたい気分が高まっている。講義ノートの作成に気乗りがせず、また、学校での試験委員や試験監督を辞退している。そのような内面の、一つには悶々としたもの、もう一つには創作の喜びや意図など、それらを書簡を通して親しい人々に告白したのである。それは遠く離れている人に対して手紙を書くという具合ではなく、今の人なら電話ですましそうなことでも逐一手紙で書くという具合《ぐあい》なのである。よく漱石の家へやってくる森田草平や小宮豊隆、鈴木三重吉といった門下生などに対しても長い長い手紙を書いているのである。「小生は人に手紙をかく事と人から手紙をもらふ事が大すきである」（明治三十九年一月八日、森田草平宛）といっているように、漱石は根っからの手紙好きなのであった。そして、その手紙の本質は「遠慮のない」「自己告白性」である。「遠慮のない」ということは、自己と他者の間に溝（距離）を作らないということである。つまり、自他の間に距離を置かずに、「自己を他者に打ち明ける」というのがこの時期の漱石書簡の特徴であった。

それが後期の書簡になると、別の新たな特徴を持つようになる。大正三年は明治三十九年に次いで年間書簡数が二番目に多い。この年は「こゝろ」を朝日新聞に連載した。東京高等工業学校や学習院で講演も行っている。しかし、体調は必ずしも良いわけではなく、胃潰瘍で苦しんでいる。原稿は午前中に決めた分量しか書かず、午後は書や画を楽しんでいる。書簡には総じて「明るさ」・「溢《あふ》れる元気」より「暗さ」・「静かな落ち着き」が漂う。また、この時期は未知の読者からのファンレターのようなものが多く舞い込み、それらにいちいち返事を書いたものが目立つ。さらに、芥川龍之介や久米正雄など若い作家へのアドバイスの手紙が目立つ。以前の書簡は正岡子規・狩野亨吉ら同僚・友人、また、森田・小宮ら門下生という親しい間柄のやりとりであったから、手紙の内容は「遠慮のない」自己告白でよかった。しかし、大正三年以後の書簡では相手との間に「適当な距離」を設けて、時には相手の話（告白）に耳を傾けたり、また時にはアドバイスするといった内容のものになっている。以前にあった「自己告白性」という特徴が後退している。そして、穏やかな態度で相手の言うことを聞き、かつ、よく受けとめてから緩《ゆる》やかに自分の考え・意見を述べるという形に変化している。つまり、以前の書簡は漱石の方が一方的にまくし立てるという形が多かったのであるが、後期の書簡ではまさに「対話」の形になっているのである。

そのような変化がなぜもたらされたのかについては、わたくしは明確な考えを持っていない。ただ、大屋幸世が次のように述べているのに大きな示唆を得た。すなわち、漱石が行った「自己告白」を門下生の森田や小宮が真似をして行う。その手紙が漱石の元へ舞い込んでくる。それを読まされる羽目になって漱石は初めてあることに気がつく。そのあることとは、「〈自己告白〉の中には一面、他者に対する自己認容の甘えがある」（注2）ということである。自分がこれまで書いてきた手紙にもそのような「甘え」があったかも知れないと鋭敏な漱石は気づいたはずである。他人に自分のフラストレーションを告白して、当人はそれでいいかも知れないが、告白されそれを聞かされることになった他者はとてもたまらない。ある程度までは我慢して聞いてやるが、限度というものがある。聞くのに我慢ができなくなったら、受け取り拒否の態度にでも出るしかない。すなわち、立場が逆転したことで漱石は自分のそれまでの手紙の鼻持ちならない醜悪さに気づいたのである。こうして漱石はそれまでの「自己告白性」という特徴から脱出していった。

それと同時に、もう一ついえることは次のことである。これはわたくしの考えであるが、漱石は「修善寺の大患」以後、相手の醜悪さをある程度許して受けとめる寛容さができてきたのではなかろうか。手紙の「自己告白」の中に「他者に対する自己認容の甘え」が潜むことは避けられないのではないかという諦念である。また、手紙を書いて寄こす当人は何も問題解決策を求めて（問題解決モードで）自分に話しかけているわけでなく、ただ共感を求めて（感情メンテナンスモードで）話したいのだと悟っていく。こうして、誰に対しても優しく接するという態度が生まれてくるのである。見ず知らずの一読者であっても作家は返事を書く。その人の投げてきたボールに対して誠実に向き合い、また、誠実に返事を書くのである。こうして、ある適切な距離を保ちつつ、読者と誠実に対話しようという態度が生まれてくる。そして、漱石は自己に対しては寛容でなかった。他者が自分に対して厳しくなることを祈りつつ、漱石は他者には努めて寛容になろうとした。それはその人の自己覚醒を期待したからである。自分に対してはあくまでも厳しく、他者に対してはあくまでも優しくというのが漱石後期の心的態度であった。

三

大正三年（一九一四）の漱石書簡で次の三通に注目する。いずれも四月に出されたもので、早い順にあげれば七日の四方田美男宛、十九日の鬼村元成宛、二十四日の松尾寛一宛の三通である。以下、その文面を具体的に見てみよう（注3）。

［1］御手紙を拝見しました。私にはあなたからさう慕はれる程の徳も才もありません。甚だ慚愧の至であります。あなたの御自愛を祈ります。（四方田美男宛。大正三年四月七日）

［2］拝復　あなたの御手紙を拝見しました。何か返事を寄こせとありますから筆をとりましたが、別に何も書く事も出て来ません。あなたが私の本をよんで下さるのは私にとつて難有（ママ、有難）い事です。私は御礼を申上ます。藪の中で猫をよんだといふ事は可笑しいです。あなた方の修業（ママ、修行）の方から見たら余計な小説などをよむと定めて叱られるでせう。まあ叱られない程度で御やめなさい。私は時々あなたの手紙を下さるのを読みたいと思ひます。夫《それ》から私はあなたが将来座禅を勉強して立派な師家になられん事を希望します。右迄　匆々（鬼村元成宛。大正三年四月十九日）

［3］あの「心」といふ小説のなかにある先生といふ人はもう死んでしまひました。名前はあ

ります が、あなたが覚えても役に立たない人です。あなたは小学の六年でよくあんなものをよみますね。あれは小供（ママ、子供）がよんでためになるものぢやありませんから、およしなさい。あなたは私の住所をだれに聞きましたか。（松尾寛一宛。大正三年四月二十四日）

三者三様の内容で大変面白い。この三通の書簡に共通しているのは、いずれも漱石にとって未知の読者である人々への返信であるということである。そして、これら未知の読者はいずれも地方に住み、年齢や職業等も異なってヴァラエティがある。四方田は埼玉県秩父に住む地方新聞の記者であり、鬼村は神戸の祥福寺（現、神戸市兵庫区五の宮町一三七番地）に住む禅僧であり、松尾は兵庫県印南郡大国村に住む小学六年生（注4）である。

これらの書簡はいずれも読者からの、いわゆる「ファンレター」に対する返信という性格があるにしても、ここで漱石が読者からのメッセージを誠実に受けとめ、かつ、それに対する返事を誠実に書いていることは注目すべきである。これらの書簡を通してわれわれの眼前に浮かんでくるのは、漱石が読者と対話している姿である。

四

ところで、秩父出身の四方田美男に対する漱石の手紙はどのような特色をもっているのであろうか。四方田宛の漱石書簡は、前に取り上げた［1］（大正三年四月七日）の他に五通あり、全部で六通を数える。以下、［1］を除く全五通を次に掲げる（注5）。

［4］御手紙を拝見致しましたが、号などは入（ママ、い）らぬものですから、よしになさい。私は号を有《も》つてゐるが、号を有つてゐない人がつまらないといふ訳にはなりません。つまり私は余計なものをもつてゐるのであります。右迄　（大正三年四月十日）

［5］拝復　秩父の絵端書を十枚御送り下さいましてありがたう存じます。大変好い所のやうに見えます。私もいつか秩父の山奥へ遊びに行きたいと思つてゐます。御礼迄　匆々
（大正三年四月二十日）

［6］拝復　私に自信のある作物を御きゝになつて何《ど》うも困ります。是は謙遜でも何でもありませんが、さう是非読んでいただきたいものもないのです。夫《それ》から過去の作物はいづれもいやな気がするものですから、自分で人にすゝめる気になれないのです。あなたの方で作物のうちで名前をあげてこれとこれとどつちをよむ方がいゝかと御聞きになれば御

返事は出来ます。（＊改行）あなたは一体何をしてゐる人ですか。生活に余裕がないといふのはどんな職業をしてゐられる為ですか、夫《それ》から学校へ行つた事がないといふのは東京の学校といふ意味ですか。あなたが文学者になれるなれないはとても容易には申されません。然し文学者として食つて行く事は大抵な人には困難です。私はみんなに忠告してやめさせてゐます。以上（大正三年五月二十五日）

［7］此間はあなたの文章（新聞に出てゐる）を拝見しました。勿論御承知の事と思ひますが、あれは新聞向きですね。しやれたものですけれども芸術的なものではありません。あなたが私によこす手紙の方がよろしい。然しあなたのやうな筆を執る事の好《すき》な人が新聞社に這入《はい》る事が出来たのは仕合せです。充分働《はた》らいて御父さんや兄さんから認められて労働をしないでも好いといふ許可を得るやうになさい。歩いてゐる間に本をよんだり文章を書いたりするのは大変です。好《すき》だから出来るのです。私などには出来ません。私の書物で好んで好いものはありません。あなたは行人をよんださうですが夫《それ》で沢山ですから、外の人のものを御読みなさい。手の届く限り何でも御読みなさい、時間の許す限り。あなたの新聞に石坂養平といふ人が何か書いてゐましたね。あれは私の知つた人ではありませんが、もし会へるなら御会ひなさい。さうして話を御聞きなさい。以上（大正三年六月二日）

［8］御手紙は拝見致しましたが、別に是といつて名案もありません。ただ御気の毒に思ふ丈です。世の中にはあなた位な境遇にあるものが幾人ゐるか分《わか》らないと云ふ事実が充分な慰藉ニナリハシマセンカ（大正五年一月十三日）

以上が四方田美男宛書簡の全てである。漱石はこの見ず知らずの青年に対して実に誠実に対応している。しかし、時には突き放し、また、時には諌めたりと適度な距離を置いてこの青年とつき合っている。前に見た磯田多佳や鬼村・松尾らと違う「ある種のよそよそしさ」がこれらの書簡には見出される。それはまた致し方ないことであり、彼等に対する時と四方田に対する時と、漱石が感じる「心的距離」が違うのである。その「よそよそしさ」は何に起因しているのだろうか。

わたくしはそれは四方田が文学者を目指す文学青年だったからだと考える。つまり、漱石は四方田が自分と同じ職業（仕事）を目指す者であったから、つい、対し方がシビアになったのである。俗に「同業者は同業者を嫌う」という、それである。しかし、漱石は四方田が自分と同じ文学者を目指すから距離を置いたということの外に、この青年の甘い人生観にある程度辟易していたのである。それは若さ故、ある程度は仕方のないことであったが、漱石としてはどうも扱いにくい代物だった。磯田多佳の時のようにムキになって怒ればよいではないかとも傍目には思えるが、そこはさすがの漱石、ぐっとこらえて軽く諌めるか、柔らかく諭すか、している。それは多佳の場合、数日間であってもお互いに顔を見て話をし、幾らか気心が通じ合った仲である。それに対して四方田の場合、絵端書をもらったり、また、作品を見せられたりと一方的に相手からの情報や物は送られてくるが、漱石にしてみればこの青年は一体俺をどの程度知っているのだろうかと訝《いぶか》しく思ったのである。向こうは俺の作品や何かで勝手に俺の像を作り上げているに過ぎない。直に俺と一度も話をしたことがないではないか、そんな相手に向ってムキになって立ち向かうことはできない。それ故漱石は四方田に対しては冷静に対応したのである。そして、文学者になることをあきらめるように説諭し、青年（四方田）の近隣に住む先輩文学者石坂養平に相談に行くようアドバイスしている。無下に突き放すのでなく、可能な限りのアドバイスをして後は自分で考えるようにと青年の自己判断に委《ゆだ》ねているのである。青年が語る「自らの弱さ」の自己告白、欲求不満や愚痴の聞き役として利用されていることを充分理解しながら、漱石は青年のそれらの自己告白をどこまで許容し、どこから突き放すかという「心の準備」をひそかに行っていた。それは手紙というものが究極的には自己告白であり、その自己告白には他者（聞き手・読み手）に対する自己容認の甘えが潜在するということである。そして、そのことを漱石は痛いほど分かっていた。他者にもその事がある程度分かった方がいいのではないか、漱石はそう考えた。「愛」の人であり、人をそらすことをしない漱石が何故、見ず知らずの青年に冷たく距離を置こうとしたのかが、これで納得できる。

以上で、結論はほぼ出し切った。以下は四方田美男に関する伝記的事項である（注6）。四方田美男は明治二十七年（一八九四）六月二十八日、埼玉県秩父郡樋口村（現、秩父郡長瀞町樋口）に農業四方田巳之吉の第二男として出生。母の名はスイ。地元の尋常小学校、高等小学校、実業補習学校などに学ぶ。大正三年（一九一四）五月、数え年二十一歳の時、埼玉時報社の秩父支局員となる。同年六月、秩父時報社の北部支局員。大正五年（一九一六）七月、埼玉新聞本庄支社に入る。大正十一年（一九二二）徳富蘇峰の国民新聞社に入り、その横浜支局員となる。まもなく同社の山形支局長となり、妻登志子を同伴して着任。大正十四年（一九二五）、同社の浦和支局長となる。のち、国民新聞社地方部長、東京毎夕新聞編集長を歴任。昭和二十年（一九四五）七月郷里の秩父に帰り、それ以後地元の文化向上のため青年劇運動や文庫活動に力を入れ、また、文化財保護にも熱心に取り組んだ。婦人及び青年の社会教育に尽くし樋口村公民館長や野上町教育長も務めた。主な著書に『鉢形落城哀史』（埼玉民論社、一九五七年一月）、小説「護身の罪科」、随筆「漱石先生と私」等がある。昭和五十七年（一九八二）二月二十七日、秩父の自宅で亡くなった。享年八十七歳。

四方田美男が漱石に初めて手紙を出したのは大正三年（一九一四）四月である。四方田は数え年二十一歳である。埼玉時報社に就職する直前である。四方田は文章を書くのが好きだったから何とかして文章を書いて暮らせる職に就きたいと考えていたのである。そこで、新聞に小説を連載して金銭を稼いでいる「あこがれの」漱石に手紙を書いたのである。漱石の書簡［1］で見ると、四方田はまず熱烈なファンレターを書いたらしい。それで漱石は「あなたからさう慕はれるほどの徳も才もありません。甚だ慚愧の至《いたり》であります」と、さらりと身をかわしている。四方田は間を置かず、続けて手紙を書いた。今度は雅号について話題にした。「先生の雅号はとてもすばらしい。できれば自分も雅号がもちたい」そんなことを書き送ったのだろう。そして青年特有の厚かましさから、できることなら先生に自分の雅号をつけてもらえないだろうかとまで言ってのけたかもしれない。それに対する漱石の返書が［4］である。「号などは入らぬものですから、よしになさい」と諌めている（注7）。さすが漱石である。軽々しく動いていないところが、さすがだと思う。続けて今度は「物」作戦に出た。ご当地秩父の絵葉書を送ったのである。これに対する返書が［5］である。これは感じの好い礼状である。素直に喜んでいる。斜《しゃ》に構《かま》えたような皮肉れた物言いが全然見られない。受け取った四方田はこれで面目が取り戻せたとひそかに思ったかも知れない。なぜなら前便で号のことで諌められ、漱石から怒られたように感じたからである。［6］は、四方田が埼玉時報社に就職してから送った手紙に対する返書である。四方田は「先生の作品で、いったい何を読めばよろしいでしょうか。先生の自信作をお教え下さい」とでも書いたのであろう。それから、「今の生活は時間に余裕がなく小説が書けない」とこぼし、また、「自分は高い学歴をもっていないから文学者としての知識や教養が不足しているのでしょうか」と愚痴を言ったのである。「これで果たして自分は文学者になれるのでしょうか」と漱石に判断を仰いだらしい。漱石はその手紙を読み、この青年は真面目だが文学者に対する「甘い夢」を見ているのだと直観した。それ故、荒療治になるかも知れないが、取り敢ずはっきり言ってやろうと決意しこの返書を書いたのである。「文学者として食つて行く事は大抵な人には困難です。」「あなたには」と書いていないところがミソである。「大抵な人には」とやんわりと書いているのが漱石の、四方田に対するせめてもの心配りである。続いて四方田は今度は自作の文章を送ったらしい（注8）。漱石に評価してもらおうと思ってのことである。これについて［7］の返書はまたまた、厳しいものである。「しゃれたものですけれども芸術的なものではありません。あなたが私によこす手紙の方がよろしい。」これはいったい、褒め言葉なのか、それとも貶《けな》しの言葉なのか、一見、理解に苦しむ。しかし、漱石としてはこのような表現をとることで四方田に対する自分の評価・心持ちのバランスを考えたのである。つまり、あなたの文章は芸術的な面では（つまり、小説などの面では）その才能としての可能性は乏しいが、いっぽう、新聞記事のような面では才能が開けるのではないかと評価しアドバイスしたのである。これは、いくら文章が好きであっても小説家になる道と新聞記者になる道とは違うということを伝え、人には「得手不得手」「適材適所」というものがあるということを暗に伝えたのである。

それから、四方田美男宛の漱石書簡として残っているのは［8］（大正五年一月十三日）の一通のみである。これは［4］［5］とほぼ同じ位の短いものである。漱石の文面から察するに、四方田は何事かを打ち明け漱石に相談したらしい。「別に是といつて名案もありません。ただ御気の毒に思ふ丈です。」と、すげない返事である。相手を突き放した物の言い方である。これを読むと、漱石は何と冷淡な人なのだろうと思ってしまう。しかし、これには漱石なりの思惑が有ってのことなのである。それについては既に述べてきたことなので今更喋々するつもりはない。ただ、ここで一言、ここでも漱石はこの青年の「甘さ」をやんわりと、たしなめているということである。「世の中にはあなた位な境遇にあるものが幾らもいる。甘えるでない。」と直接に言ってやってもいいのであるが、ここでも漱石は相手に対して気遣いをしている。その心遣いが次のような回りくどい表現の中に込められている。すなわち、「世の中にはあなた位な境遇にあるものが幾人ゐるか分らないといふ事実が充分な慰藉ニナリハシマセンカ」という回りくどい表現である。漱石が如何に人の気持ちを傷つけないようにと心を配っているかがよく分る。しかし、この表現は直接には人を傷つけないが、よく味わってみると、言われた当人にとってはずっしりと身にこたえる「重い」言葉なのである。なぜならそれは、自分は単に「慰藉」を求めて相手に相談をもちかけ、かつ、打ち明けていたのだということが自得されるからである。こうして、相談を持ちかけた当人が自己認容の「甘え」に自然と気づくようになる。そのような表現になっているのである。とりわけ、末尾のカタカナ書き「ニナリハシマセンカ」が、ちょっと巫山戯《ふざけ》たような、また、おどけたような感じを相手にもたらし、当人に自得を要請するのである。

ところで、大正五年（一九一六）一月、四方田はどのようなことを打ち明け、相談したのだろうか。この年、四方田は職場を変わることになる。それまでの埼玉時報社、秩父時報社から新しく埼玉新聞社へと変わっている。その事にかかわる相談をもちかけたのかも知れない。また、四方田はまだこの頃結婚していないから、女性交際上の問題で相談したのだろうか。あるいは、当時よくあった農家の後継ぎ問題で悩んでいたのかも知れない。父親から農家を継ぐようにと言われ、自分がやりたい文筆の仕事とどう折り合いをつけていくかで悩んでいたのかも知れない。ともあれ、それらは全て推測である。ただはっきりしているのは、四方田の当時悩んでいたことが漱石から見ればそれ程大したものに見えなかったことである。この「行き違い」は如何ともしがたい。この返書を受け取った四方田美男はいったいどのような気持でこの短い文面を読んだだろうか。それは誰にも分らない。ただ、温かい励ましの言葉、同情の念溢れる文句を期待していただろう四方田にとって、「師漱石」の姿は、それまでの時よりもはるかに遠のいたことだろう（注9）。こうして人は誰でも、「あこがれの師」という幻から少しずつ距離を取っていく。四方田はこうして「青年」から「おとな」になってゆくのである。漱石はその事をちゃんと見通していた。漱石はわざとそのような仕打ちを行ったのである。この青年がしっかりと自分で判断して自分の道を歩いてゆくことを祈りながら。

四方田美男はこれ以後、漱石に手紙を書かなかった。もちろん、漱石も書かなかった。家庭電話がまだ一般に普及せず、また、携帯電話などがなかった頃の話である。その頃は手紙というものが自己を形成し、かつ、自己の人格を磨く重要なメディアであったのだ。手紙は単に用事を伝えるだけという便利なメディアであるのみならず、実はこうした働きも担っていたのだということがよく解るのである。

五

作家の坂上弘は手紙そのものを書かなくなった現代社会の特徴について、次のように述べている。

情報手段の変化によって失われたものは、手紙そのものではなくて、われわれの生活のなかの内面、本来の言葉とよぶべきものだろう。

戦後、ラジオドラマが全盛をきわめた当時、電話がじつに多く採り入れられた。これは、われわれのケーブルを伝わる音声が、第三者から、言葉として扱われた現象である。この結果、あの定着という操作の少ない音声の言葉にわれわれは多くのものを期待しすぎたのである。そしてとうとう、つぶやいたり叫んだりするモノローグにまで独立した価値を認めてしまい、言葉に他人の眼があることを忘れてしまったのである。モノローグという形式は、文体としてそれを意識的に完成させなければ、一個の独立した存在証明にはならないものだ。むしろ、意識の仮説を、非論理的に、情緒的にみとめてしまったにすぎない。われわれは電話によって、泣くことも、わめくことも、できるようになったが、それが他者そのものの全体像であるという誤解ももった。

現在、手紙から豊かな機能（相手にわからせるという機能）が失われたとするならば、それは、私たちの手紙の背景が（日常生活が）失われたことをまず挙げるべきだろう（注10）。

坂上はこのように述べ、手紙は「モノローグ」ではなく「対話」（ダイアローグ）を目指す「書きもの」であるという。そして、手紙を書かなくなった現代人の日常生活が「モノローグ」性を帯びてきたことを指摘している。これは手紙の機能を考えるときの重要な論点である。

私たちは、ともすると、手紙は私的なものだと考えてしまう。確かに手紙はその相手によって書く形式や内容を変えるものであり、また、個人的なことを書いたりするから、手紙は「私的なもの」と考えがちである。しかし、日記と比べてみれば明らかなように、手紙は決して「私的なもの」ではないのである。むしろ、手紙は「公的な書きもの」なのである。ここでいう「公的」とは何も、公用文のようなものばかりを指して言うのではない。他者とコミュニケーションを取るということになれば、その書きものは決してモノローグでは通用しない。ダイアローグの構えを取るのが当然である。しかし、坂上が指摘するように、われわれは様々な通信メディア、例えば電話を使うようになってから、極端にこの「当然」過ぎることを忘れてしまったのである。そして、恐るべきことに、この、電話を使うようになってから変化した、われわれのコミュニケーション・スタイルが、日常に書く手紙にも伝染してしまったのである。こうしてわれわれの周囲にはモノローグ・スタイルの手紙が蔓延するようになった。

そこで、昔の人の手紙のスタイルに学ぶ必要がある。それは書き手が如何に「ダイアローグ」性を意識しているかを見ることである。例えば、漱石の手紙である。見ず知らずの四方田美男と漱石が如何に「対話」しているかを見る必要がある。漱石は四方田の手紙を通して、当人とその人の周囲をよく見ている。相手とその周囲をまず正確につかんでいるのである。それから、的確な批評とアドバイスを行っている。そこには漱石自身の意見や生活観が吐露されるが、単に一方的にそれらを伝えるだけでなく、時には、いたわりの言葉や励ましの言葉を掛けたりする。思いやりの気持ちをこめて言葉を選んでいる。厳しいことを言ったり諌めたりするときは、必ず相手の気持ちを考えて傷つけないように表現を考えている。なぜそのような手紙が漱石に書けたのかと言えば、それは漱石が手紙を通して相手と「対話」しようとの構えを持っていたからである。今の人の手紙の多くが、自分のことばかりを述べるに汲々となり、相手のことなどお構いなしというものだそうだ。自分が書く手紙の中に他者を取り込む、そのことで手紙の中身が豊かになることを知らないのである。漱石の手紙を読むと、いろんな他者を取り込んで書いているのが解る。鬼村の場合、松尾寛一のような小学生の場合、そして、四方田美男のような文学青年の場合、これらいろんな他者を漱石は取り込んでいる。また、これらの他者一人一人に対するときの漱石の反応が実に豊かで起伏がある。他者一人一人に対するときの漱石の反応が豊かで起伏があるというのは、漱石自身が豊かであることの他に、他者一人一人から届いてくるものが豊かだからである。つまり、手紙による「対話」作用というものはそのようなものなのである。与えるものも多いが、また、もらうものも多いのである。まさに、生産的な「対話」である。

「いつまでも残しておきたい手紙」というものがあるとすれば、その一つにわたくしは漱石の手紙を挙げる。折にふれてそれを取りだし、読んでみたい。また、なつかしいその筆跡を眺めてみたい。手紙の味は筆跡にもある。最後に漱石の手紙の筆跡を鑑賞してこの稿を閉じることにする。

六

ここに一つの封筒と一つの手紙文がある。封筒の表は「埼玉県秩父郡樋口村　四方田美男様」。裏は「牛込早稲田南町七　夏目金之助　四月十日」。これは漱石が大正三年四月十日、四方田に出した手紙の封筒である。住所の書き方では、第一行で「埼玉県秩父郡樋」と止まり、次の行に「口村」と続く。無造作な書きぶりである。普通なら、「埼玉県秩父郡樋口村」と一行で書くか、それとも、第一行「埼玉県秩父郡」第二行「樋口村」のように二行に分けて書く。そのようにせずに前掲のようになったについては、漱石にとって余り馴染んでいない住所であったから瞬間、戸惑ったのだろう。それにしても、改めて書き直すなどということもせずに、「見苦しさ」などは考慮せずにそのまま投函しているのである。この辺、いかにも漱石らしい。つまり、見てくれなど気にしない、飾らない漱石である。また、「四方田」の「田」の字を訂正している。ここは初めどのように書いてあったのだろうか。わたくしの考えではここは初め「太」と書かれていたと判断する。それは漱石の熟知の人に「坂本四方太」（さかもと・しほうだ。俳人、本名さかもと・よもた。一八七三〜一九一七）という人がいるからである。正岡子規の指導を受けた俳人で、高浜虚子や漱石とは昵懇の仲であった。それ故漱石は四方田美男から手紙をもらったとき、この未知の人にどことなく「親しみ」を覚えたのである。そして、この返事を書くとき、つい「四方太」と書いてしまったのである。人にはなつかしい名字、なつかしい名前というものがある。漱石にとって「四方太（四方田）」は、そのようなものの一つだったのである。

手紙文の方を見てみよう。

此間はあなたの文章
（新聞に出てゐる）を拝
見しました　勿論御承
知の事と思ひますが
あれは新聞向きですね
志《し》やれたものですけれ
ども芸術的なもので

はありません。あなたが
私によこす手紙の方がよ
ろしい。然しあなたのやう
な筆を執る事の好な

これは四方田宛書簡の第五番目（四の〔7〕、大正三年六月二日）の部分である（※図版の⑧参照）。「拝復」や何か、手紙文の冒頭に欲しいところだが、漱石はそのような形式にこだわらず、いきなり「此間は………」と入っていく。このようなところも漱石らしい。
もう一箇所見ておこう。

やうになさい。歩いてゐる
間に本をよんだり文
章を書いたりするのは大
変です　好だから出来る
のです。私などには出来

ません　私の書物で読ん
で好いものはありません
あなたは行人をよんださ

同じく第五番目の書簡の部分（＊図版⑨⑩参照）である。第二行目の「読ん（で）」（＊図版⑩の第二行目）は、前掲の書簡［7］（岩波版全集。本稿第四項参照）では「好んで」となっている。「読」は図版では「好」とも読めそうだが、はたしてどうだろうか。しかし、ここで判断が難しいのは、図版⑨八行目の「読んだり」と図版⑩四行目の「読んだ」を全て平仮名で書いていることである。このような前後の用字法から見て、図版⑩二行目の「読ん（で）」のみを漢字書きにしたというのは納得がいかないとなるのである。しかし、意味上からは「好んで好いものは」というのは妙である。「読んで好いものは」の方が意味がよく通る。それに図版で比べてみると、「読んで」の「読」と「好いものは」の「好」とは字形が違っているように見える。しかし、「読」は「好」によく似ている。また、この文の後に二回、「御読みなさい」の言葉が出てくるが、ここでは「読」の字は明らかにそのように読める。したがって問題はない。図版⑩二行目の「読ん（で）」の「読」が、「御読みなさい」（前掲書簡［7］）の「読」と字形が似ていないので判定が難しい。自筆書簡を読んでいくとき、このような難しい問題にぶつかる。

それはともかく、漱石の手紙文の筆跡についてであるが、柔らかい感じのする、のびのびとした書きぶりである。漱石の書について津田青楓は次のように述べている。

夏目先生の書はまづいものではないが、又非常に傑《すぐ》れたものだとは云はれない。先生の書に感心させられるのは、まづくも旨《うま》くも、その時々の自分をかざらず偽らず、正直に正しく表示してゐられる点にあることが、夏目先生の書の最大の価値だと云はれよう（注11）。

また、津田は次のように述べている。

（前略）鑑賞の書は技術の巧拙を論ずるよりも、書を通じて筆者の傑《すぐ》れたる人間性がしのばれるところに、一段高く座をまうけた床の間に掲げる意味がある。書は古人の心を見ると云ふから、ただ単に技法が旨いと云ふだけでは、床に掲げる意味がなく、古人の心が観者に反映し、玩味するところに、書幅の深い楽しみがある。

そのやうな意味に於いて夏目先生の書は書道的に見て傑れた字ではなくつても、書に依つて表示される古人の心の深さに傾倒することができる。

夏目先生は、常に自分と云ふものを正しく表示せよと云ふ意味のことを、度々云つて居られた（注12）。

津田青楓がいうように、漱石の書は漱石自身の「かざらず偽らず」の人間性が出ているところに価値がある。漱石の手紙文の筆跡も又、同じような意味において価値があるということができる。前掲のような筆跡の手紙をもらった四方田美男は、おそらく漱石自身の人間性にふれるような思いで喜んだことであろう。

注

（1）山岸外史『夏目漱石』（弘文堂書房、一九四〇年一二月）一八〇頁。表記は現代仮名遣い等に改めた。

（2）大屋幸世「〈漱石書簡の検討〉漱石「書簡」の意義」（学燈社『国文学』一九七〇年四月）。

（3）各書簡の引用は岩波書店版『漱石全集　第十五巻　続書簡集』（岩波書店、一九六七年二月）に拠る。但し、随時、同書店発行の新しい版『漱石全集　第二十四巻　書簡下』（岩波書店、一九九七年二月）を参照し、補訂した。また、読み易さを考慮して句読点を施したところがある。

（4）松尾寛一は姫路中学から高等師範に進むが、高等師範への入学直前に亡くなった。なお、この漱石の手紙は「少年の父親が息子の宝物として表装し、大事に保存していた」という。以上、村尾清一「てがみ随想　連載二八七」（全国信用金庫協会『楽しいわが家』第四十九巻第十一号、二〇〇一年十一月）に拠る。

（5）各書簡の引用は、前出（3）『漱石全集　第十五巻』に拠る。
（6）以下の四方田美男の経歴については、遺族の方への竹長の聞き取り調査に拠る。
（7）四方田美男は、大正元年（一九一二）頃から、「春声」という号を用いている。そして、私家版の『春声叢書』という著書を発行している。四方田自身、この「春声」という号については嫌いではなかったようであるが、さらに、より望ましい号を求めて漱石に依頼・相談したのであろう。当時の文学青年の間で、尊敬する師から号をもらうことが流行《はや》っていたのだろう。
（8）四方田の「漱石先生と私　（下）の一」（『埼玉新聞』一九一七年一月九日）には次のように書いてある。「（＊前略）当時自分は埼玉時報（今は廃刊してゐる）に関係して何か書いてゐた頃であるから、それに掲載された記事の何かを送つたのだ、そして是非批評して頂きたいと迄付け加へてやつたのである。」
（9）四方田は漱石から手紙をもらって、いつも感激し、喜んでいたというわけではない。かなり落ち込んでしまったことも数回ある。四方田宛漱石書簡の第一番目（＊本稿の第三の［1］）を受け取ったとき、四方田は次のように感じた。「実に味もソツケも無い様な短い手紙である。私は此の返事を貰つた時何だか急に悲しくなつた。最少《もすこ》し何とか色をつけて書いて下すつても良さそうなものを、余り情けないやり方だと其の時怨んだものである。」（四方田春声「漱石先生と私　（上）」『埼玉新聞』一九一七年一月六日）。また、第二番目の手紙（＊本稿の第四の［4］）を受け取ったとき、四方田は次のように感じた。「相変らず愛嬌も何もない手紙である。私は其の時再び落胆したのである。東京の者は薄情だと云ふが、成程さうかも知れないと那様事を考えたりした。」（四方田春声「漱石先生と私　（中）」『埼玉新聞』一九一七年一月七日）このように四方田は初め、漱石から貰った手紙に対して「温味《あたゝかみ》のない手紙」（前掲「漱石先生と私　（中）」）と受けとめている。それが次第に変化していく。第五番目の手紙（＊本稿の第四の［7］）を受け取ったとき、四方田は次のように感じた。「今度は以前の手紙に見られぬ非常な温味が文面に表れてゐる。其の時私は何《ど》んなに喜んだであらう。今想像しても実に嬉しい。一見直《ただ》ちに私と云ふ者の上に先生の愛が加はつてゐる事が明《あき》らかに判《わか》る。」(前出・注8「漱石先生と私(下)の一」)。このように四方田の、漱石に対する印象が大きく変化していくのだが、こうした変化は、実は単純なものではなかったとわたくしは判断する。そこには四方田の、後の反省作用に基づく「美化」が多分に混入していると考えるからである。それにしても、四方田が漱石と手紙の遣り取りを続ける中で徐々に、漱石に対する印象が変化していったことは確かである。つまり、漱石の手紙によって四方田は徐々に、人格的な感化を受けていったのである。それは間違いのないことであると言い得る。

(10) 坂上弘「手紙の効用　漱石の書簡から」(学燈社『国文学』一九七三年四月)。

(11) 津田青楓「漱石先生の書画道」。引用は津田青楓『書道と画道』(河出書房*市民文庫、一九五二年二月)七八ページ。

(12) 前出(11)「漱石先生の書画道」。引用は『書道と画道』七八ページ。

第十一章　漱石『満韓ところどころ』と後藤新平

一　『満韓ところどころ』と後藤新平

夏目漱石の『満韓ところどころ』（一九〇九年発表）に次の箇所がある。

室《へや》を這入つて右は、往来を向いた窓で、左の中央から長い幕が次の部屋の仕切りに垂《た》れてゐる。正面に五尺程の盆栽を二鉢置いて、横に奇麗な象の置物が据ゑてある。大きさは豚の子程ある。是は狸穴《まみあな》の支社の客間で見たものと同じだから、一対を二つに分けたものだらうと思つた。其外《そのほか》には長い幕の上に、大《おお》きな額が懸《かか》つてゐた。其の左《ひだ》りの端に、小さく南満州鉄道会社総裁後藤新平と書いてある。書体から云ふと、上海辺で見る看板の様な字で、筆画が頗《すこぶ》る整つてゐる。後藤さんも満州へ来てゐた丈に、字が旨《うま》くなつたものだと感心したが、其実《そのじつ》感心したのは、後藤さんの揮毫ではなくつて、清国皇帝の御筆であつた。

右の肩に賜ふと云ふ字があるのを見落した上に後藤さんの名前が小さ過ぎるのでつい失礼をしたのである。後藤さんも清国皇帝に逢つて、斯う小さく呼び棄《すて》に書かれちや堪《たま》らない。えらい人からは、滅多《めった》に賜《たま》はつたり何《なん》かされない方が可《い》いと思つた（注1）。

漱石の作品で後藤新平の名前が出てくる数少ない文献である。これは明治四十二年（一九〇九）九月六日、大連港に着いた漱石が中村是公（漱石の親友で満鉄総裁）の社宅に行き、主人が不在のため書斎で待っているときの嘱目である。この総裁用社宅は当時の大連市児玉町にあり、ロシアが大連を支配していたときの「大連市長」の官舎であった。

漱石は是公からの招待で同年九月三日、大阪から船に乗り、一路、大連に向かった。船は大阪商船の鉄嶺丸である。瀬戸内海、玄界灘を通り、六日、大連港に着いた。港には大和ホテル（現、大連賓館）の馬車が迎えに来ていた。それに乗って総裁用社宅に行ったが、あいにく、主人は不在であった。後で聞くと、是公は折から大連港に寄港中の米国艦隊の乗組員と親善の野球観戦をし、その後、ボートを漕いでいたとのこと。それで、漱石は広い社宅のあちらこちらを見学していたのである。「細長い御寺の本堂のような」応接間に驚いたりしながら、書斎で待っていると、ふと、大きな額が目に付いた。それが後藤新平と清国皇帝（光緒帝）の名前が記された書額である。初めは後藤の筆かと思ったが、よく見るとそれは清国皇帝の書いたもので、「後藤新平に賜う（お与えになる）」という文言が読み取れた。「後藤さんも清国皇帝に逢って、斯う小さく呼び棄《すて》に書かれちゃ堪《たま》らない。えらい人からは、滅多《めった》に賜《たま》はつたり何《なん》かされない方が可《い》いと思つた」と、このように漱石は感想をもらしている。これについては「漱石の辛辣な皮肉」（注2）と理解されることがある。

確かに「皮肉」は「皮肉」であり間違いのないところであるが、問題はその「皮肉」の鉾先がいったい、誰に向けられているのかということである。その鉾先は直接的には後藤に向けられていないようにわたくしには受け取れる。婉曲的な書きぶりのせいでもあるが、以下この問題について掘り下げていく。

漱石の周辺で、後藤への評価は様々であった。先ず二葉亭四迷であるが、彼は「ロシア」という共通項があったせいか、後藤と意気投合している。後藤の方はロシア調査の関係上で二葉亭に大きな期待をかけていた。一方、二葉亭の方は、実際に後藤に会ってみると彼が予想に違《たが》わぬ「国士風の熱血漢」であったのでいっそう彼に親しみを深く抱くようになる（注3）。

そして、二葉亭がロシアに入るとき、後藤及び満鉄は大いに便宜を計った。次に漱石を朝日新聞社に入社させた池辺三山であるが、池辺は満州や満鉄に対して大きな関心を持っていたが、後藤新平という人間に対しては「あまり信用していなかった」（注4）。

そして、当の漱石であるが、彼は西園寺公望の文士招待会（明治四十年六月十七日に初めて開催。

この会は後に「雨声会」と名称する）に欠席している。政友会の西園寺を拒否したからそれでは後藤に親近感を抱いていたのかというと、必ずしもそうではない。なぜなら、その時欠席したのは漱石だけではないからである。二葉亭四迷、坪内逍遥らも欠席した。青柳達雄は「（漱石は）二葉亭のようには〈政治家〉後藤に熱烈な関心を抱いていない」（注5）と述べている。

明治四十二年一月十九日、小松原英太郎文部大臣主催の文士招待会が開かれた。この時、漱石は出席した。会のテーマは「文芸の奨励発達について」。文学者と官僚との「意志の疎通」を図りたいという政府側の意向で開かれたが、はっきりしたことは何も決まらなかった。漱石は政治家や官僚とのつきあいに際しては慎重な態度で臨んでいる。

先に引用した「後藤さんも……堪《たま》らない。えらい人からは……可《い》いと思つた。」という文の解釈であるが、それは、「後藤新平」に対する皮肉ではない。それでは、いったい誰に対する皮肉なのであろうか。「えらい人」（皇帝・政治家・官僚など）から「もの」（勲章・書画・金銭など）をもらう人である。ここでは清国皇帝から書額を下賜《かし》された後藤新平を取り敢えず射程において いるが、漱石の矢は後藤個人を突き抜けてもっと多くの人々を射抜いているのである。

漱石は確かに、二葉亭ほどには後藤新平を親しく見ていない。しかし、池辺三山のように「信用していない」という懐疑の眼差しで見ていたかというとどうもそうではないと思う。漱石が親愛の情を示した友人中村是公の、その人格の奥深い部分には後藤新平の人格が潜んでいると判断するからである。これまでの研究では中村と後藤の差異を殊更強調するものが多かった。しかし、わたくしはむしろ、この両者（中村と後藤）の共通点を見ることで、漱石がどのような人間、どのような人格を愛好していたのかを探求する。

『満韓ところどころ』で描かれた後藤新平のイメージは、はたして、後藤の本質的な部分を突いているのかどうか、その点を見定めておく必要がある。『満韓ところどころ』で描かれた後藤のイメージはあまりにも、「政治屋」（politician、ポリティシアン）ふうである。しかし、実際の後藤はすぐれた「政治家」（statesman、ステーツマン）の部分を持っていた。そして、後藤のそのすぐれた「政治家」としての一面は中村是公に伝播している。しかし、漱石は中村だけを見ていて、その奥に潜んでいる後藤の人格を余り意識していなかったと思う。その辺を詳しく解明する。

ところで、漱石が満鉄総裁社宅の部屋で見た「大きな額」のことであるが、それは後藤新平の筆ではなく清国皇帝・光緒帝の筆であった。どうして、ここに光緒帝の書額があったのだろうか。

漱石がこの書額を見たのは明治四十二年（一九〇九）九月六日である。後藤新平が光緒帝及び西太后に謁見したのは明治四十年（一九〇七）五月二十九日である。

明治四十年四月、清国は東三省の政治改革を行った。日本が満州に進出するのを見て、これに対する「利権回復」「国権擁護」の姿勢を打ち出すためであった。この清国側の動きに対して後藤はこれは満鉄の経営に大きく影響すると察知した。そこで何としても「両国の親和」を計らねばならないと感じたのである。満鉄総裁の代理として北京を訪れ清朝に儀礼を表するとともに、清国の官民と親交するのが第一と考えた。しかし、四月以前から後藤はひそかに清国皇室を礼問する計画を立てていた。この年二月、後藤は伊藤博文に手紙を送り礼問使節の人選について相談している。さらに遡れば前年十一月十日、清国政府は駐清公使・林権助に対し「日本政府のみによる満鉄設立は条約違反」と抗議している。以上のことを鑑《かんが》みると後藤は満鉄を設立した明治三十九年（一九〇六）年十一月二十六日のその時点から清国皇室への礼問を計画していたと判断することができる。清国はその年十一月、林公使を介して日本政府に抗議したにもかかわらず日本政府が無回答のまま満鉄を立ち上げたことに対して、清国は怒りの念を抱いていた。翌年四月、東三省の政治改革に踏み切ったのも、その怒りの反映であった。

明治三十九年十一月に満鉄を立ち上げたとはいうものの、その本社は東京・麻布の狸穴《まみあな》にあった（注6）。

大連その他の中国の地で満鉄が開業するのは明治四十年四月以降である。そこで後藤としてはぎりぎりのところでの清国皇室への礼問であった。いや、もう既に大連で満鉄が開業しているのだから、「遅すぎた礼問」といった方が良いかもしれない。

明治四十年（一九〇七）五月二十九日、後藤新平の一行は皇帝及び西太后に謁見した。随員は佐藤安之助、龍居頼三、青木梅三郎、それに林公使、高尾通訳官らである。西太后と後藤新平との間には次の会話が交わされた。

后　卿《けい》は日本に於て名誉高き人と聞及《ききおよ》ぶ。今回入京観見するを得たるは尤も喜ぶ所なり。

予　恐懼《きょうく》の至りなり。

后　卿の京に在るは今回が初度なるや。

予　前年来遊したることあれば、今回は二回目に候《さうらふ》。

后　健康に変りなきか。

予　有難き御諚《ごじょう》、幸に無異なり。

后　朕《ちん》は永く滞留せんことを望む、今次は幾日程滞京するか。

予　今回は二三日の後に於て輦下《れんか》を辞し、一度本国に還《かへ》るべきも外臣の任地は大連なれば、其の距離京と甚だ遼《とほ》からず。且《か》つ陛下の大官と屡々《るる》往復するの必要あるべきを以て、予は随時大官の教を請うて両国の幸福を増進せんことを望む。蓋《けだ》し南満州鉄道は単に両国の幸福を増進するのみならず、実に世界各国の幸福を増進する機関たり。外臣は飽くまで微力を尽《つく》し、以て聊《いささ》か御盛意に酬《むく》い奉らんことを期す。

后　珍しき品を献じたる卿の厚意を謝す。仍《よっ》て朕の自筆に依る書軸を卿に与ふべし。

予　御言葉を承り恐懼措《お》く所を知らず。且《か》つ陛下御親筆の御書軸を賜ることは、独《ひと》り外臣の光栄とする所なるのみならず、即ち南満州鉄道会社全体の光栄とする所なり。

后　外臣等益々努力して、十分平和の発達に貢献せんことを希《ねが》うて止《や》まぬ。

予　卿二三日の内に発程すとならば、途次の平安を祈る。

　　恐縮、謹《つつしみ》て皇太后、皇帝両陛下の満壽然彊を祈り奉る（注7）。

なお、この時の「御前」の様子は次のとおりである。

　正面は即ち皇太后、一段下りて其の右方にあらせらるるは皇帝。余は皇太后の正面に立つ。其の距離僅かに五六尺、公使は余が右方に立ち、高尾通訳官は稍々《やや》下りて余の左方に立ちて、聯左侍即ち皇太后と余との中間に在りて、皇太后の御言を伝達したり。左右には所謂《いはゆる》御前大臣、即ち親王皇族列席す（注8）。

このようにして後藤は清朝において厚く処遇された。それは後藤本人が記しているのみならず、他者もそう記している。例えば、本多熊太郎（当時、北京公使館の二等書記官）は次のように述べている。

伯の清朝に与えられた印象は大変よかった。そして伯は、清国皇帝から〝福壽〟、皇太后から梅の絵の真筆を頂戴されたのであった（注9）。

こうして、この清国皇帝・光緒帝からの書「福壽」が満鉄総裁社宅の一部屋に飾られることになったのである。後藤にしてみれば、やっと手に入れた（満鉄開業に関する）「お墨付き」であったが、気楽な一旅行者であった漱石にしてみれば、清国皇帝にご機嫌伺いをしている日本の一政治家の卑屈さが不快に映ったのである。漱石には、当然の事ながら、満鉄開業及びその経営に関わる後藤の苦労など眼中に無い。だから、このような皮肉が言えたのである。

二　後藤新平の生き方と彼の植民思想

ところで、そもそも後藤新平はどのような考えから満鉄経営に関わったのであろうか。また、それ以前の台湾民政長官としての彼の仕事などを考慮しながら彼の植民思想を探ってみよう。

信夫清三郎著『後藤新平　科学的政治家の生涯』（博文館、一九四一年九月二十日）、澤田謙著『後藤新平伝』（大日本雄弁会講談社、一九四三年七月十六日）、福田正義著『後藤新平』（満州日日新聞社東京支社出版部、一九四三年八月十五日）という三冊の本がいずれも太平洋戦争下に出版されているのは何故なのだろう。太平洋戦争下の思想（イデオロギー）と後藤新平がよくマッチすると判断されたからだろうか。ともかく、それ以前は、「政治の倫理化」等を叫ぶ風変わりな政治家、もしくは、ロシア（ソビエト）と個人的に親密な外交（「親密な民際外交」）を実践している「わけの分らない」政治家（いわゆる「赤」＝共産党のシンパでもないのにロシアに接近しているという点で不可解な政治家）というぐらいの印象でしかなかった。「忘れられつつあった政治家」後藤新平が何故、太平洋戦争を契機としてこのように注目されるに至ったのかを解明してみよう。

信夫清三郎はその著『後藤新平　科学的政治家の生涯』の中で次のように述べている。

後藤新平の遺産は豊かである。わが国の歴史的転換が要請されてゐる今日、ことに大陸経営の諸問題を通じて後藤新平の事蹟がいろいろとかへりみられつつあることは、その遺産を評価しようとする切実な要求にほかならないが、同時に、後藤新平の時代がやうやく今日にいたつて迎へられたことを示してゐる。かくのごとくして、後藤新平の遺産を正しく評価することは、今日の歴史的転換期に処しうる一つの解決であるといふことさへできるのである（注10）。

ここで信夫が「わが国の歴史的転換が要請されてゐる今日」と述べているのは、いうまでもなく、大本営政府連絡会議で「武力行使を含む南進政策の決定」（一九四〇年七月二十七日）、ベルリンで「日独伊三国同盟」調印（一九四〇年九月二十七日）、近衛文麿首相を総裁に「大政翼賛会」発足（一九四〇年十月十二日）、御前会議で「南方進出のため対英米戦を辞せず」を決定（一九四一年七月二日）という一連の出来事を指している。つまり、太平洋戦争（一九四一年十二月八日）への一連の動きを指しているのである。そこで考えなければならないのは、どのような点で後藤新平と太平洋戦争のイデオロギーが接点を持つのかである。

それは後藤の唱える「大亜細亜主義」論である。それは後藤の手記『厳島夜話《いつくしま》』の中で説明されている。『厳島夜話』とは、明治四十年九月、広島県の厳島で後藤が伊藤博文（当時、韓国統監）と夜を徹して議論したことの一部始終を記したものである。その時、後藤が伊藤に説いた大陸経営の主な政策論が「大亜細亜主義」論である。

この年、明治四十年（一九〇七）、後藤は満五十歳。働き盛りである。前年十一月に満鉄総裁に就任し、この年四月開業した大連の会社に五月、赴任した。そして、前述したように五月二十三日、清国皇室に礼問し光緒帝及び西太后に謁見している。その後、六月三日には天津で袁世凱《えんせいがい》（西太后の信任を得ていた軍人・政治家）と会っている。その時の有名なエピソードが、いわゆる「箸《はし》同盟」である。袁世凱が後藤を招待した宴席での出来事を坂西利八郎（当時、袁世凱の顧問を勤めていた）は次のように記している。

その席で伯は〝箸同盟〟といふことを提議した。日本人も支那人もみな箸で飯を食ふ。この箸を使ふ民族が、強固なる聯絡《れんらく》を作り、もつてアジアの復興を図《はか》らねばならぬといふのである。酒宴の酣《かん》なるとき、この当意即妙の提案には、袁世凱も手を拍《う》つて同感を称《たた》へ、大々的に賛意を表し、実に和気藹々《わきあいあい》たるものがあつた。このことはその後袁世凱が伯の噂《うわさ》をする毎《ごと》に繰返されたものであつた。要するに、袁世凱に極めて良き印象を刻みつけたことは確かである（注11）。

この何事でもないようなエピソードの中にも、実は後藤の「大亜細亜主義」論の一端が潜んでいる。それは、「日本人も支那人もみな箸で飯を食ふ。この箸を使ふ民族が、強固なる聯絡《れんらく》を作り、もつてアジアの復興を図《はか》らねばならぬといふ」という部分である。しかし、ここではそのような日本と中国との「親和・団結・連帯」ということのみであって、その「団結」したアジアがいったい何に向かっての「団結」なのかが明らかにされていない。それの明らかになるのが『厳島夜話』である。

明治四十年九月初旬、後藤は京城の伊藤博文に「旅順口」経営策についてあらかじめ手紙を出しておいた。その時、「内地又ハ朝鮮ノ何《いづ》レノ地」で会いたいとの旨を伝えていた。中国を巡る外交政策について後藤は明治三十一年以来幾回となく伊藤と話し合っていた。しかし、二人とも多忙のゆえ、十分に時間をとって話し合うことができなかった。そこで、この際、十分に時間をとって語り合おうと後藤の方から持ちかけたのである。もう一つの理由は、明治四十年初春からの清国の動静である。既に述べたように明治四十年四月二十日、清朝は満州に東三省の「総督」と、その下に三つの「巡撫《じゅんぶ》」（総督の下で省の民治・兵制をつかさどる役職）を設置し、都会の北京などと同じ行政区域とした。これ即ち、日本に対抗する清朝の行政改革であった。そして、清朝は同年五月の西太后・光緒帝と後藤との会見において日本に対する「親和の情」を示してはいたが、裏では密かにそれに背馳する行動をとっていた。それは具体的には、清朝が米国と同盟を結ぶという動きである。同年八月七日、奉天の巡撫・唐紹儀が米国の奉天総領事・ストレートと「満州中央銀行」設立の予備協定に調印したことはその濫觴《らんしょう》である。この協定は後、米国の経済不況のため不成立に終わることになるが、後藤はこうした清朝の一連の動きをつぶさに観察していた。そしてこのままではいけない、何とかしなければという思いで伊藤との会談を申し出たのである。そして、伊藤の方から返事があり、厳島で会おうということになった。伊藤は東京から京城に帰る途中、厳島の「岩惣」の紅葉谷《もみじだに》別館に投宿した。伊藤博文、六十六歳である。伊藤が厳島に着いたのは九月二十八日の午後であった。いっぽう後藤は九月二十四日、大連を発ち、二十七日厳島に着いた。神社に参拝し、白雲洞に泊った。

この厳島会談で後藤が伊藤に説いたのは、まず中国の要人西太后と会い「米清同盟若《もし》クハ提携」は「不合理且《か》ツ不自然ナル産物」であるのみならず、「東洋ノ将来ヲ危殆《きたい》ニ導ク」虞《おそれ》ありということを伝えよ、であった。なぜそのように言うかといえば、米国人が「支那人」に対して「一切ノ差別ヲ撤廃シ、人種的ニモ将《ハタ》法律的ニモ完全平等ノ待遇ヲ与フル」など到底考えられないからと後藤が考えるからである。しかし、それが出来るのは同じアジアに住む我が日本人のみである。「箸同盟」なるものを袁世凱に説いたのもこの論法である。「支那ノ有力者ヲ啓導シテ国際上ノ真智見ヲ会得セシメ、以テ東洋人ノ東洋、即チ大亜細亜（パン・アジア）主義ノ本旨ニ悟入セシムルコソ、東洋平和ノ根本策ヲ大定スル所以《ゆえん》ナレ」、これが後藤の考えであった。ここで注目すべきは、中国との関係をめぐって米国を敵対視していることである。

ところで、後藤のこうした意見を聞いた伊藤は激しく反論した。君のような考えをするから「西人」から「黄禍」（yellow peril、イエロ・ペリル）などが叫ばれるようになるのだ。これからの国際政治の舞台においてはそのような「大亜細亜主義」論は危険且《か》つ、得策でないと伊藤は真っ向から反対した。これに対して後藤は搦《から》め手から伊藤に立ち向かう。後藤は第二の進言として次のことを言う。「支那ノ安全ト東洋ノ平和ヲ確保スル」ために「欧州各国、就中《なかんづく》露独英仏」の要人と会い協力体制を作りなさい、と。即ち、ここで気づくのはここでもまた「米国」を敵対視していることである。なぜ後藤はかくも「米国」を敵対視するのだろうか。

それを説明するのが後藤の次の言葉である。「世界ノ趨勢タル、之ヲ大所ヨリ達観スレバ、即チ新大陸ト旧大陸トノ対峙ニ帰着スベシ、而シテ、欧州各国ハ東洋諸国ト共ニ斉《ひと》シク旧大陸トシテ、共通ノ立場ト利害トヲ有スルモノナレバナリ」。これを聞いて伊藤は「是レ実ニ破天荒ノ議論ナリ」と感想を述べ、且つ、「机上ノ空想」か「痴人ノ囈語《げいご》」であると決めつけた。しかし、『厳島夜話』の伝えるところに依れば、その後、伊藤はこの「新大陸・旧大陸対峙」論にも共感を示し、また、「大亜細亜主義」論にも納得するに至ったとされる。

「大亜細亜主義」論が「新大陸・旧大陸対峙」論と接点を有するのは、その何れもが新大陸の「米国」を排除、若しくは敵視していることである。後藤が何故、このような考えを持つに至ったのかが興味の沸く所以である。

それは後藤自らが述べている。ドイツ人のシャルク（Emile Schalk）の著『民族の競争』（*Der Wettkampf der Völker*, 1903）から示唆を得たものである。『民族の競争』とはどのような本であるかといえば、大よそ次のような内容である。

シャルクの著書は、一九〇〇年に懸賞募集され、一九〇三年に出版された叢書『自然と国家』（*Natur und Staat, Beiträge zur naturwissenschaftlichen Gesellschaftslehre*）中の一冊で、自然科学上の原則をもつて社会理論を構成しようとするのが根本的な趣旨となつてゐる。それが説く具体的な要旨は、独仏同盟論を骨子とし、独仏両国対峙の形成を持続するのはヨーロッパ滅亡の原因を養成するにすぎず、その結果はかならず北米合衆国のために乗ぜられ、ヨーロッパをして合衆国の制圧下におくものであるからといつて、新興合衆国に対するヨーロッパ保全のための大同団結を提唱したものである（注12）。

このシャルクの『民族の競争』を後藤は台湾の民政長官時代に読んだという。それ以来この本の思想が彼の頭に乗り移ったのである。後藤はなかなか頭の鋭い人間であったからこの本を読んだとき、直ぐに中国と日本との関係を思い浮かべたのである。即ち、ここに書いてあるのはドイツとフランスとが争うのではなく、お互いにヨーロッパ大陸の国として「同盟」を結び、彼らにとって脅威的存在である新大陸のアメリカ合衆国に対峙すべきであるということだ。そして、これを我が身に引き寄せればまさに、日本と中国とが争うのではなくお互いに「親和」し、そしてアメリカに対峙するということになるのではないか。後藤はこのようにシャルクの説を読み替えたのである。そして当時、アメリカはまさに資本主義の上昇中にあり、新興国でありながらも国際外交の舞台では無視できない「脅威の大国」となりつつあった。また、「東洋の覇権」を狙う日本としてはまさに、「眼の上のたんこぶ」的な存在がアメリカであったのである。こうして「邪魔になるアメリカ」を排除しようとする思想が形成されていった。

後藤が台湾の民政長官時代に「厦門《アモイ》事件」なるものがあった。明治三十三年（一九〇〇）八月十五日、桂太郎陸軍大臣から児玉源太郎台湾総督に宛て南支那に陸軍の兵隊を派遣する旨の密令が発せられた。これは台湾の児玉総督と後藤民政長官とがかねてから計画していた、台湾の「対岸経営」を実行に移すものであった。台湾の対岸にある厦門を先ず占領して、それから中国本土に入っていこうとする計画である。この計画を実行に移すべく先ずこの年三月二十五日、後藤は厦門へ出かけた。そして四月二十五日台湾に帰るまで後藤は厦門の隅々を観察・調査した。なぜそのようなことをしたかというと前年の一八九九年、山東に義和団の乱が起こったからである。義和団は周知のように、「キリスト教撲滅」「外国人排斥」を掲げた愛国運動の要素を持っていたので、清朝は密かにこれを援助した。山東で蜂起した兵士たちはたちまち北京に入り、列国公使館区域を占領した（一九〇〇年六月二十日）。そこで日本・イギリス・アメリカ・ロシア・フランス・ドイツ・イタリア・オーストリアの八国は連合軍を組織して公使館を救った（一九〇〇年八月十五日）。このような動きの中で日本は「義和団の乱」（北清事変）に対する一つの報復処置として密かに「厦門《アモイ》進撃」を準備した。児玉も後藤も乗り気になって奔走したが、八月二十八日、日本政府より「派兵中止」の通告が入った。これで台湾の対岸「厦門」を占領して経営するという、児玉と後藤の計画が「水泡《すいほう》に帰した」のである。この日本政府の「豹変《ひょうへん》」に児玉も後藤も憮然とした。なぜ日本政府は「豹変」したのだろうか。「砲台占領ヲ実行スルハ、我政府ニ於テ未ダ時期ニアラズト認ム」との電報文の主は桂太郎であったが、どうもその背後で決定的役割を果たした人物は伊藤博文であったと彼らは後に知ることになる。明治三十三年（一九〇〇）十月から北京で義和団事件処理の列国公使会議が始まるが、それに向けての対策のため伊藤が「派兵中止」が得策と判断したのである。八月十五日、列国の連合軍が北京の各国公使館を奪回できた段階で事後処理会議の開かれることは明らかであった。そして、その会議でロシアが各国の派遣部隊に撤去を要請し、満州からの撤退をロシアが自ら宣言するのではないかと伊藤は会議の先を読んだのである。そうなれば日本がせっかく厦門を占領しても、また直《す》ぐに手放さなければならなくなる、それならばいっそのこと初めから厦門には「派兵」しないほうが良い、伊藤はそう判断したのである（注13）。

しかし、日本から遠く離れた地にいる児玉や後藤にはそのような伊藤の判断など知るすべも無かった。後藤は時の外務大臣に宛て電報文の草案に次のような言葉を記した。この命令は「不審ニ堪ヘザルナリ」。以上のような経緯からも、後藤はいつか、伊藤に中国大陸「経営」の策についてとことん話し合う必要を感じていたのである。

ここで話を本筋に戻せば、この「厦門事件」当時において後藤は既に「大亜細亜主義」論の片鱗を見せていたと述べたいのである。その証拠として『後藤民政長官対岸巡視応接談判筆記』から次のような文章を示す。この文献は、厦門への日本軍派兵が中止となる五ヶ月前の三月に後藤が約一ヶ月厦門へ出張したとき厦門の要人と「応接」し「談話」したことの内容記録である。以下、引用する。

（前略）我帝国ガ飽迄《あくまで》儒教ト仏教トヲ根本トナシ、終《つい》ニ今日ノ如キ日新文明ノ極ニ達シタルハ、耶蘇教国人ト雖モ一驚ヲ喫セシナルベシ。殊ニ貴国ト帝国トハ、唇歯輔車ノ関係ニ於テ同心協力ノ必要ヲ認メ、歩武一斉、共ニ日新文明ノ彼岸ニ達スルヲ期セザルベカラズ。故ニ、我帝国ガ清国ニ対シ種々ノ経営ヲ試ミ、大ニ施設スル所アラントスルハ、畢竟東洋ノ大局ヨリスルモノニシテ政略的ノモノナラザルコトハ、云フ迄モナク諸君ノ了知セラルル所ナルベキヲ信ズ。希《ねがわ》クハ諸君此意ヲ体シ、大ニ興亜ノ政策ニ尽力セラレンコトヲ（注14）。

ここで後藤が強調しているのは、「儒教」と「仏教」とを「根本」としている「我が日本」は「貴国」（中国）と仲間になれるという考えである。しかし、これは既に見た、アメリカを排除する「大亜細亜主義」論と微妙にずれている。例えば、日本はロシアに対してどういう立場をとるのかが明快にならないからである。ロシアは周知のように「儒教」や「仏教」の国でない。アメリカと似た「キリスト教」の国である。しかし、後藤はロシアとは「親和の関係」を築きたいと考えていた。ここが後藤のユニークな所である。即ち、「大亜細亜主義」論は後藤の専売特許ではなく、当時、他の人も唱えていた。それは、おそらく、「儒教」や「仏教」の思想・習慣を基底とする文化的差異から、東洋と欧米との間に明確な一線を引こうとするものであった。そしてこの場合、「東洋」とは日本・中国・韓国である。しかし、後藤の場合、「東洋」にロシアが加わる。後藤が満鉄総裁に就任し日露戦争以後のロシアと関係が深くなるにつれ、彼はロシアとの外交を重視するようになる。伊藤博文にロシアの要人「ココーフツオフ」と会うことを勧めたのも後藤であるし、また、桂太郎にロシア訪問を勧めて一緒にロシアへ出かけたのも後藤である。後藤がなぜそのようなことをしたのかといえば、それは満鉄経営を始めとする中国大陸での日本の外交問題においてロシアとの関係が重要だと判断したからである。しかし、「厦門事件」の頃の後藤には未だそのことが十分には見えなかった。だから、「儒教」と「仏教」を根本にして日本と中国は「同盟」が結べると説いているのである。だが、「厦門事件」から七年後、厳島で伊藤と会談したときは、中国での利権争いに関するアメリカからの攻勢に対して「防衛線」を張る上で、ロシアとの「同盟」を考えていたのである。ここにおいて中国は既に「同盟」を結ぶ相手国の位置から脱落し、代わってロシアが浮上している。後藤がかつて「同盟」を結ぶ相手として考えた中国は厳島会談では「占領される国」に落下しているのである。国際関係における国の位置はこのように変貌した。

後藤はロシア革命後も「ソビエト」と日本の関係を続行しようと苦心した。それはやはり、あのシャルクの「読み替え」によって得た、アメリカと対峙する「大亜細亜主義」論が後藤の中で生き続けていたからである。そして後藤は昭和四年（一九二九）四月十三日他界する。世の中も移り行き、この「不思議な政治家」後藤新平のことも徐々に忘れられていった。しかし、太平洋戦争への気運が高まりつつある時、後藤の思想が再び注目を浴びるに至った。それは既に見たように、「儒教」と「仏教」とをバックボーンとする「東洋」が「キリスト教」をバックボーンとする「欧米」に立ち向かうという思想ではなく、東アジアにおける覇権を日本がつかむために「欧米」に立ち向かうという思想である。この時、後藤の考えと微妙に異なるのは日本政府がロシアを「欧米」の中に含めて考えたことである。ロシアと仲良く付き合いながら中国での日本の利権をできるだけ拡張したいというのが後藤の考えであったのだが、この時の日本は中国のみならず南方にもっと進出していた。だから問題は中国大陸に限定されなかった。ロシアとの関係がそれほど重要ではなくなったのである。ただ、アメリカが「敵」であることは後藤のときと同じであり、依然として変わらなかった。それゆえ、後藤の「大亜細亜主義」

論が太平洋戦争を契機として再び脚光を浴びることになったのである。

三　結語

このように見てくると後藤新平が、日本はアジアにおいて孤立しつつも（ロシアとの同盟が成立せずとも）あくまでも「大亜細亜主義」を貫いて物質主義の牙城たるアメリカ合衆国に逆らうべきだと主張した、そのことの真意が読めてくる。「徳風」という思想の所以である。神道をはじめとし、儒教・仏教・道教などの渾然一体とした「混成文化」の中から立ち昇ってくる一種の倫理的思想、それが「徳風」である。

この「徳風」という思想には、もちろん、弱点もあった。それは現実の、生き動く政治に弱い。市井に住む隠者においてそれは「理想的な人格者」を作る。しかし、「徳風」の思想を持つ人間が政治の大きな歯車の一部として動き出すことを余儀なくされると、その人間の中の「徳風」思想は忽《たちま》ちにして無力化する。児玉源太郎や後藤新平の弱点はそこにあった。

だから、わたくしは「徳風」の思想をプラス評価するつもりはない。しかし、近代日本人におけるコロニアリズム（植民地主義）の問題解明にはこの「徳風」思想の理解が不可欠である、と主張したい。

そして最後に再び漱石との関連を言えば、本稿の［一　『満韓ところどころ』と後藤新平］で述べた如く、中村是公と後藤新平の共通点も、ここに存する。漱石は本人自ら、二葉亭四迷ほどには後藤と接触を持たなかったが、自身の無意識的部分において後藤と深くつながるものを持っていた。それはこの「徳風」思想の存在である。さらに、本稿で詳しく言及しなかったが、台湾での土地調査に当った中村是公の「誠意」「赤心」は、また、後藤新平の「誠意」「赤心」に通じるものであり、それはこの「徳風」思想の具現化であった。

したがって、漱石は現実的には後藤新平と殆ど接触することがなかったが、中村是公を介してこの二人（漱石と後藤新平）は精神的・人格的に近接していたと言い得るのである。

もし両者に頻繁に出会う機会があったとすれば、肝胆相照らす仲となったことであろう。漱石が時空を越えてトマス・カーライルに親しみを感じたように、また、漱石が後藤新平に対しても深い親しみを覚えたことはほぼ間違いのないことである。中村是公が漱石に後藤を会わせなかったのは、故意のことではないといえども、返《かえ》す返《がえ》すも残念なことであった。

注

（1）夏目漱石『満韓ところどころ』の「第五」。引用は岩波書店版『漱石全集第十六巻』（一九五六年十二月）に拠る。
（2）青柳達雄『満鉄総裁中村是公と漱石』（勉誠社　一九九六年十一月）七七ページ。
（3）前出（2）『満鉄総裁中村是公と漱石』七六～七七ページ。
（4）前出（2）『満鉄総裁中村是公と漱石』二〇二、及び二一八ページ。
（5）前出（2）『満鉄総裁中村是公と漱石』七八ページ。
（6）麻布の狸穴《まみあな》にあった満鉄本社は、本社が大連に移った時点で支社となる。
（7）後藤新平「謁見記」。引用は福田正義『後藤新平』（満州日日新聞社東京支社出版部　一九四三年八月）三二一～三二二ページ。但し、ここでは原文の「漢字とカタカナ」表記を「漢字と平仮名」表記に改めた。
（8）前出（7）「謁見記」。引用は福田正義『後藤新平』三二一ページ。但し、表記を「漢字と平仮名」に改めた。
（9）引用は前出（7）福田正義『後藤新平』三二四ページ。但し、表記を「漢字と平仮名」に改めた。
（10）信夫清三郎『後藤新平　科学的政治家の生涯』（博文館　一九四一年九月二十日）三六〇～三六一ページ。
（11）前出（7）福田正義『後藤新平』三二六ページ。但し、表記を「漢字と平仮名」に改めた。
（12）前出（10）信夫清三郎『後藤新平　科学的政治家の生涯』二五二～二五三ページ。
（13）宿利重一『児玉源太郎』（国際日本協会　一九四三年六月第四版＊一九四二年十一月初版）三五三～三五七ページ参照。この本では、伊藤博文が「ロシア」を意識してでなく、「イギリス」を意識して厦門《アモイ》への派兵を中止したかのような書き方をしている。
（14）前出（10）信夫清三郎『後藤新平　科学的政治家の生涯』一七四～一七五ページ。

第十二章　柄谷行人の「漱石試論」を読む　――「自己本位」と「自立」の間

一

柄谷行人はペンネームであり、本名は柄谷善雄である。柄谷は東京大学の大学院英文科修士課程を修了し、日本医大の講師をつとめていた。彼が書いた評論「〈意識〉と〈自然〉――漱石試論」は雑誌『群像』（講談社）の第十二回群像新人文学賞の評論部門で当選した。小説部門での当選は李恢成であり、作品は「またふたたびの道」。

この時の評論部門の予選通過は全部で二十二あり、その主なもので記憶に残っているのは次のとおり。

・尼ヶ崎　彬……「はみ出した一人称」
・大里恭三郎……「小林秀雄論」

・林　武志……「北条民雄論序説」
・矢島道弘……「北国の幻想・石上玄一郎の世界」
・和田利夫……「河上徹太郎論」

さて柄谷行人の評論「〈意識〉と〈自然〉――漱石試論」は『群像』一九六九年（昭和四十四）六月特大号に載っている。

二

評論を読み始めると、筆者の柄谷は漱石の小説は主題が二重に分裂していると述べている。それはまず、『門』『行人』『こゝろ』についてである。そして、「漱石がいかに技巧的に習熟し練達した書き手であったとしても」、その二重分裂を「避けえなかった内在的な条件」があったとみなすべきだと述べている。

こうした問題提起をした後に柄谷はT・S・エリオットの『ハムレット』論を引用しながら、シェークスピアが技巧的に習熟し練達した戯曲家であったとしても『ハムレット』の筋は二重に分裂していると述べ、シェークスピアも漱石も彼ら自身の「手に余る問題」を扱おうとしたのだという。

漱石の小説は「技巧的未熟」なのではなく、筋がねじれている、つまり、劇的な位相から離れた作品であると柄谷はいう。

エリオットは前掲の『ハムレット』論で、この作品『ハムレット』は劇的な筋立てから離れているから失敗作だと述べている。しかし、柄谷は失敗作だとは思わないと主張し、このような論点から漱石作品の二重分裂性も失敗でなくて漱石の独自性の証《あか》しだと述べる。

三

漱石小説の特徴を柄谷は漱石のエッセイ「人生」（第五高等学校の校内雑誌『龍南会雑誌』明治二十九年十月刊行）を引用して次のように述べている。

「吾人の心中には底なき三角形あり。二辺並行せる三角形あるを如何《いかん》せん。……（中略）……不測の変、外界に起り、思ひがけぬ心は心の底より出《い》で来《きた》る。容赦なく且《か》つ乱暴に出《い》で来《きた》る。海嘯《つなみ》と震災は三陸と濃尾に起るのみにあらず、亦《また》自家三寸の丹田《たんでん》中にあり。険呑《けんのん》なる哉《かな》。」（「人生」）

漱石の小説がおおむね平穏な日常生活を描きながら、カラマーゾフ的な「内部の暴力」をかいまみせるのは、このときである。

我々人間の心の中には「二辺並行の三角形」があるというのは既に述べた「小説の二重分裂」と関係している。思いがけない心は心の底から出て来て、容赦なく暴れ回る。そのような人間の心を漱石は無意識に、自然に小説に綴ったのだと柄谷はいう。

また柄谷はこれまでの漱石論関係の数冊を取り上げ、それらの盲点・弱点を次のように指摘している。

千谷七郎の『漱石の病跡』（勁草書房　昭和三十八年）がやや実証論的に傾きすぎた例だとすると、観念論的な例は枚挙に暇がない。それらは吉田六郎の「倫理的苦悩」「浪漫的精神」（弘文堂書房『作家以前の漱石』昭和十七年）唐木順三の「自己本位と自己本位の架橋」（修道社『夏目漱石』昭和三十一年）、宮井一郎の「自由」といった抽象的な命題（講談社『漱石の世界』）に代表される。このような論者はほとんど「頭の恐ろしさ」にとどまり、「心臓の恐ろしさ」の深部にふれようとはしていない。漱石の文学にひそやかにではあるが、奔流のようにわきおこり自己自身を裏切るあの「内部の暴力」についても、ふれようとはしていない。さしあたり私たちはこのような倫理学的発想を斥《しりぞ》けてかかる必要がある。

柄谷はこのように述べ、それまでの漱石研究の主要文献を批判している。その批判の観点は「倫理学的発想」に基づいているということである。確かに千谷・吉田・唐木・宮井らの著書にはそのような発想が多少見られると言える。しかし、これらの著書をこのような一つの観点で批判し葬り去って、はたして妥当だと言えるだろうか。柄谷のこの漱石試論は漱石研究の精緻な論考ではなく、漱石研究書の幾つかを大鉈《なた》でバッサリと斬り尽くす評論であるから大目に見ると、妥当かなと思うしかない。

四

柄谷行人の「漱石試論」が迫力をもって読者に訴えるのは、いったい、何であろうか。それはわたくしが思うのは、柄谷の次のような論述である。

あえていえば、これは（＊竹長注記、『行人』の一郎の気狂いじみた行動は）漱石の「背後にある強烈な思想」（『模倣と独立』）が犯罪者のそれに近い性質のものであることを示唆している。漱石の小説世界における「犯罪」はむろん目立たないものだが、いつも唐突に気狂いじみた衝迫によってなされている。

「死ぬか、気が違ふか、夫《それ》でなければ宗教に入るか。僕の前途には此《この》三つのものしかない。」と、『行人』の一郎はいう。

柄谷は漱石の小説において宗教か狂気か自殺かのいずれかに注目している。宗教は『門』に、狂気は『行人』に、自殺は『こゝろ』にと、それぞれ表れていると指摘する。そして、わたくしが特に注目したのは柄谷の『こゝろ』論である。そのエッセンスは次の部分に見ることができる。

『門』や『行人』がまさに自己関係の循環そのものによって挫折をくりかえしているのに比して、『こゝろ』は自殺にいきついている。しかし、だからこそそこには一種の判断停止があるはずだし、短絡があるはずなのだ。『こゝろ』が他の作品に比べて均斉がとれ夾雑物が少ないわけは、「自殺」のモチーフを実現するために、自殺そのものを不可能にする意識（自己関係）を捨象してかかったからである。『こゝろ』の隠された主題は自殺であって、友人への裏切り、乃木将軍の殉死などの理由立ては、ともかく自殺が前提となった上で導入されたのだと、私は考える。にもかかわらず、結果としてそこには「倫理的人間」のきびしく重たげな顔と、「内部の人間」の陰鬱な顔が二重に浮びあがってくるのである。私たちはそのいずれをも消し去ることができない。（＊傍線は竹長）

柄谷の『こゝろ』論のこの箇所は実に明快である。なるほどと思う所が多い。しかし、わたくしは自分のかつての『こゝろ』論を思い浮かべた。ここで柄谷の『こゝろ』論と並べて検討してみる。わたくしの『こゝろ』論の題名は「『こゝろ』総論――愛と時代の窓より」（文芸同人誌『修羅』第八号　一九七五年七月）である。

以下、わたくしの『こゝろ』論の一部に次の箇所がある。

わたくしがこれまでに読んだ多くの『こゝろ』論は、いずれも混迷を極めている。混迷に次ぐ混迷、反転に次ぐ反転である。このことは『こゝろ』論が難解であることの証左であるわけだが、その根本的理由は、『こゝろ』自体が多くの矛盾を含んでいるからである。

駒尺喜美氏は、その矛盾を漱石の「ゆれ」「多少の迷いの表れ」（『こゝろ』論『日本文学』一九六九年三月号所収）と述べているが、「ゆれ」や「多少の迷い」の内実をもっと詳しく問題にしなければならない。「ゆれ」や「多少の迷い」は先生が自殺をするその過程に於いて述べられているが、わたくしが思うに、先生は自殺するのに強い気持ちがなかった。だから、自信を持って自殺するという気がなかったのだと思う。しかし、作者の漱石は何とかして、先生の自殺を読者に納得させたかった。それで、漱石は明治天皇の崩御、乃木大将の殉死を導入したのである。

先生が自殺するのを、他者のみならず自己への不信、つまり、自己の狂気性などの他に、明治天皇・乃木大将の死などの時代性で漱石が補塡したのは、なぜだろう？

先生が自分自身の心に抱く人間不信は先生の性格（本性）だけに起因するものではない。明治という近代の時代精神の毒性を浴びた結果だと言えるだろう。

ところで、作品『こゝろ』の中の「先生の遺書」に次の箇所がある。

私に乃木さんの死んだ理由が能《よ》く解《わか》らないやうに、貴方《あなた》にも私の自殺する訳が明らかに呑み込めないかも知れませんが、もし左右《そう》だとすると、それは時勢の推移から来る人間の相違だから仕方がありません。或は個人の有《も》って生れた性格の相違と云った方が確かかも知れません。私は私の出来る限り此《この》不可思議な私といふものを、貴方に解らせるやうに、今迄の叙述で己《おの》れを尽《つく》した積《つも》りです。

「時勢の推移から来る人間の相違」「個人の有《も》って生れた性格の相違」、これらの言葉で先生の自殺のわけを作家漱石は説明している。読者はなるほどそうかと納得するだろうか。納得する人もいれば、納得しない人もいるだろう。

柄谷は先生の自殺に関して次のように述べている。

『こゝろ』の先生の自殺決行には、本当は理由づけようのない理由がひそんでいる。『こゝろ』という作品が投げかけるあいまいなニュアンスはそれであり、つまり自己関係性のそごにほかならないのである。「倫理的人間」である先生は、自分の思いも寄らぬ唐突な行為に驚く。しかし先生の犯した行為を、叔父の裏切りなどをひっくるめて、人間の性悪説に還元するのはあたっていない。「不測の変、外界に起り、思ひがけぬ心は心の底より出で来る。容赦なく且《かつ》乱暴に出で来る、……険呑なる哉《かな》」(「人生」第五高等学校の校内雑誌『龍南会雑誌』明治二十九年十月刊行)と、むしろいうべきである。

柄谷はこのように述べ、先生の自殺には「理由づけようのない理由」があり、それと『こゝろ』が投げかける「あいまいなニュアンス」とに関連があると主張している。『こゝろ』の作中人物である先生の行為は、漱石のエッセイ「人生」に見られる次の文章に相似していると柄谷は指摘する。

ところで、エッセイ「人生」の該当箇所をわたくしは漱石全集で全てを見た。すると、柄谷が省略した所もあり、ここでエッセイ「人生」の該当箇所をしっかりと示して置く。それは次のとおりである。

吾人の心中には底なき三角形あり、二辺並行せる三角形あるを如何《いかん》せん、若《も》し人生が数学的に説明し得るならば、若《も》し与へられたる材料よりXなる人生が発見せらるゝならば、若《も》し人間が人間の主宰たるを得るならば、若《も》し詩人文人小説家が記載せる人生の外に人生なくんば、人生は余程《よほど》便利にして、人間は余程えらきものなり、不測の変、外界に起り、思ひがけぬ心は心の底より出《い》で来《きた》る。容赦なく且《かつ》乱暴に出《い》で来《きた》る、海嘯《つなみ》と震災は、啻《ただ》に三陸と濃尾《のうび》に起るのみにあらず、亦《また》自家三寸の丹田《たんでん》中にあり、険呑《けんのん》なる哉《かな》。

柄谷は自作の漱石試論でエッセイ「人生」の引用をしながら「海嘯《つなみ》と震災は」から「自家三寸の丹田《たんでん》中にあり」までの文を省略している。しかし、わたくしはこの部分は重要だと判断する。そして、この省略部分を現代文に直して示すことにする。そうすると、次のようになる。

津波と震災はただ、三陸地方（陸前＝宮城県、陸中＝岩手県、陸奥《むつ》＝青森県）と濃尾地方（美濃の国と尾張の国。今の岐阜、愛知両県の各一部）に起るだけではない。津波と震災のような非常事態は我々人間の精神の中心部でも起こり得る。あぶないものである。

また、この箇所の前の部分を現代文に直してみよう。それは次のようになる。

私たちの心の中には、底のない三角形がある（それは安定させる底辺がないということ）。二つの辺だけがある三角形をどうしたらいいのだろうか。もし人生を数学的に説明することができるならば、もし与えられた材料で「Xという人生」（わけのわからない前途不明の人生）の中身を発見することができるならば、もし人間が自分自身を自由に動かすことができるならば、もし詩人小説家などの文人が書く作品中の人生の他に別の人生がないのならば、人生とは余程便利であり、人間は神や聖人のように偉いものである。

ところで、日常世界に測り知ることのできない出来事が起こり、また、私たちの心の底から予想もできなかった気持ちや心理が次々に湧き起こる。そして、その気持ちや心理は遠慮することなく、どんどん暴れて行動するのだ。

こうした現代語訳で漱石の考えていた人生観を検討すると、漱石は自分の書く文学作品を、わけのわからない「迷いの道」を歩くものだと考えていたと推察する。柄谷が漱石の文学には「奔流のようにわきおこり自己自身を裏切る、あの『内部の暴力』」がひそんでいると述べていたのに、わたくしは共感する。

五

ところで、柄谷の漱石試論をずっと読んできて、終りに近くなってわたくしはハッと思った。柄谷の評論は日本の文学者の文章だけでなく欧米の文学者の文章を多く引用して柄谷自身の論を展開している。このような方法で漱石の作品と生涯を批評するのは確かに有意義であるし、日本の近代文学の研究者にはあまり見られない方法である。

さて、柄谷の漱石試論の末尾に『三四郎』についての言及がある。それは次のとおり。

『三四郎』の広田先生は、自己犠牲を自明とするような共同性の崩壊を次のようにいう。「近頃の青年は我々時代の青年と違って自我の意識が強過ぎて不可《いけ》ない。吾々の書生をしてゐる頃には、する事為《な》す事一つとして他《ひと》を離れたことはなかった。凡《すべ》てが、君とか、親とか、国とか、社会とか、みんな他《ひと》本位であった。それを一口にいふと教育を受けるものが悉《ことごと》く偽善家であった。其《その》偽善が社会の変化で、たうたう（＊とうとう）張り通せなくなった結果、漸々《ぜんぜん》自己本位を思想行為の上に輸入すると、今度は我意識が非常に発展しすぎてしまった。昔の偽善家に対して、今は露悪家許《ばか》りの状態にある。」

柄谷が『三四郎』の中から、広田の語ったことを長く引用している。これは『三四郎』の第七章に出てくる言葉である。三四郎が大学のある東京に向かって汽車に乗った時、車中で偶然、広田に会った。その時、広田が三四郎に向かって語った言葉である。

広田の言った言葉の中に、偽善家、露悪家という言葉がある。うわべを偽って善いことをしているように見せかける人や、自分の悪い所をわざと見せつける人が「そもそも……」と広田は人間のタイプをあげ、三四郎に今の世の中には偽善家よりも露悪家が増えているんだよと述べた。つまり、広田は今の日本の若者には自分を犠牲にしても国や社会のために尽くすという人が少なくなったんだ（偽善家が少なくなったんだ）と述べ、自分の良い所だけでなく悪い所まで堂々と見せつける若者が多くなってきたと述べた。

このような広田の発言に対して柄谷は、「自己犠牲を自明とするような共同性の崩壊」だという。この柄谷の言葉は、いったい何を意味しているのだろう？ 自己犠牲を当たり前（当然）とする共同性の意識が崩れつつあるというのだろうか？ わたくしはこの問題を深く考えてみたい。

六

広田のいう偽善家とは、高度な教育を受けた若者はことごとく、国家や社会のために尽くすという考えになったが、実はそれは偽善的思考であり、じっさいは国家や社会のためにという考えは無かったということである。例えば外国との戦争に出かける若者は、表向きは国家や社会のために尽くすから出陣するのだと述べるが、実は「行きたくない」「死にたくない」の気持ちである。国家や天皇のために張り切って出陣するのは表向きであり、本当の気持ちは「行きたくない」である。

このような若者の気持ちを漱石は作品『趣味の遺伝』や『草枕』で部分的（断片的）に書いている（注1）。

したがって、作品『三四郎』の中でも広田のいうセリフの中に、「君とか、親とか、社会とか、みんな他本位《ひと》であった。それを一口にいふと教育を受けるものが悉く《ことごと》偽善家であった。」とある。ここでいう「偽善家」とは「自己本位」でなく「他本位《ひと》」（他人本位）のポーズ（姿勢）をとり、国家や社会、天皇などのために尽くす素振りをする人間のことである。

七

柄谷は『こゝろ』に関して次のように述べている。

『こゝろ』の先生が乃木将軍の殉死に激しく共感するのは、偽善家として、つまり「倫理的人間」として育った漱石が、殉死のアナクロニズムの中に「戦前」にありえた共同性の悲劇的喚起を見出したからである。悲劇とは、本来的な意味において、滅びた者を喚起しカタルシスさせることである。漱石は『かのように』哲学によって、すでに失われたものをあるかのようにみなすイデオローグではなく、ただ「明治時代の死」を、「内部の人間」の自殺志向と癒着させることによって、時代の質的転換だけが与えうる「悲劇」的表現をなしえたのだった。国民的作家とは、このような作家である。

ここで柄谷が述べようとしたことを、わたくしなりにまとめると次のようになる。漱石が作品『こゝろ』の中で乃木将軍の殉死を挿入したのは、「偽善家として」（つまり「倫理的人間」として）育った漱石が、殉死という時代錯誤的な事件の中に、日清・日露戦争の前の日本によくあった「共同性の悲劇的喚起」（自分を犠牲にして国家社会のために尽くすという悲劇的な出来事を呼び起こすこと）の意図があったからである。

悲劇とは本来的な意味では、滅びた者を呼び起こして（本の）読者や（劇の）観客に快感を味わわせるものである。漱石は既に無くなったものを有るかのように見せる考えではなく、明治という時代の終焉を、その時代の中に生きた人間の自殺（乃木将軍の殉死や、『こゝろ』の先生の自殺）志向とつなげることで、時代の切り替え（明治から大正へという切り替え）がもたらす悲劇的表現を作品『こゝろ』で成し得たのである。このような事情からすれば夏目漱石は「国民的作家」と言えるのである。

柄谷の指摘するように確かに、作品『こゝろ』は個人の生きる姿だけを描いたものでなく、個人の生きる姿を時代や社会の動きとつなげて書いている。したがって、明治という一時代を生き抜いた人間の生きる姿を見事に描き切ったのだから、「国民的作家」と呼んでも変ではないということになる。

八

柄谷が「漱石試論」の最後に述べているのは、「自己本位」についてである。漱石のいう「自己本位」はエゴティズム（egotism、自己中心癖、わがまま）の意味でも使われているが、今日の言葉で言い換えると「自立」という意味だと柄谷は言う。柄谷は漱石の「自己本位」について次のように述べている。

漱石の「自己本位」は、西欧思想と文学との格闘を通して、日本と西欧の文学概念の違いから文学そのものの本質への問いへと、独力で立ち向っていった体験と業績を抜きには考えることができない。なまやさしい「自己本位」ではない。今日の「新帰朝者」の誰が、漱石が『文学論』執筆に払っただけの年月と労苦と創意を払っているだろうか。漱石の「自己本位」と啄木の「強権への確執」を重ねあわせたとき、私たちはそこに吉本隆明のいう「自立の思想的拠点」の先駆的存在を見出すのである。

この文中に出てくる石川啄木の「強権への確執」は柄谷が前に、漱石と自然主義文学者との関係について述べた時、引用した啄木の評論「時代閉塞の現状」（明治四十三年）に出てくる言葉である。

啄木はこの評論で当時の自然主義文学者の動向を批判し、彼らは殆んど「私的現実」の多様性多義性に夢中になっていて、「国家強権」への「確執」（不満をあらわにしたり、対決したりすること）が欠けていると述べた。

それをふまえて柄谷は、漱石の「自己本位」と啄木の「強権への確執」を重ね合わせた時、「自立」の概念ができあがるのだと述べた。

そして、柄谷は自身の「漱石試論」を次の言葉で締め括っている。

「世界文学」や「世界の同時性」が合い言葉となっている今日は、かえって「自己本位」をつらぬくことが困難となった時代であるといっていい。西欧への「不幸な意識」は終ったとしても、「自己本位」は新たな課題を新たな形態においてもつはずである。

ここで述べられている西欧への「不幸な意識」とは、明治大正の日本が西欧に対する劣等感《コンプレックス》を抱いていたということである。その劣等感が終結したとしても、昭和の日本には「自己本位」（自立）という課題が存在するという見解である。

この締め括りの言葉は、夏目漱石についての論をふまえつつ世界全体の文学への視点及び昭和時代以後の日本の在り方（日本人の生き方）について述べたものである。しかし、これは漱石論に関する締め括りの言葉というより、もっと大きな締め括りの言葉である。つまり、昭和戦後時代の日本人の生き方の課題を予言したものである（注2）。

わたくしは久しぶりに柄谷行人の評論「漱石試論」を再読した。以前読んだ時、よくわからなかったところが、なるほどと思えることがあった。再読してよかったと思う。しかし、この文章は研究論文でないので、論述や論の展開に納得できないところもあった。それにしても述べ方が痛快で、著者柄谷行人の意図が鋭く出ている所があって感銘を受けた。

注

（1）漱石が作品『趣味の遺伝』や『草枕』で反戦的な叙述を行っていることに関しては、拙著『日本近代戦争文学史』（笠間書院＊選書62　一九七六年八月）一〇五〜一二五ページ参照。

（2）柄谷行人の漱石論は評論集『畏怖する人間』（冬樹社　一九七二年二月）にもあるが、わたくしが本稿で対象としたのは雑誌『群像』（講談社）一九六九年六月特大号所収の柄谷の漱石論である。

第十三章　わたくしの漱石研究史の一端
――島村盛助、多田裕計、宮崎利秀のこと

一

わたくしの漱石研究史の一端を述べることにする。

わたくしが埼玉県に住むことになったのは今から凡そ五十年以上前からである。まず第一に知り合いになったのは宮崎利秀である。宮崎は熊谷に住んでいた。わたくしは羽生の高等学校に教員として勤めていた。羽生から熊谷はそれほど遠くはない。それで熊谷在住の宮崎利秀の宅に伺ったことがある。宮崎はその頃、浦和の高等学校に勤めていたが、自ら『きたむさし』（※北武蔵）という地方版の雑誌を発行していた。

或る時、わたくしは地方新聞の『埼玉新聞』にエッセイ「夏目漱石と石坂養平」を書いた。すると、直ぐに宮崎利秀から手紙が来て、漱石と石坂養平とのことを書いてくれないかとの依

頼があった。わたくしの勤めている羽生高等学校から熊谷までそれほど遠くないので、ある日、学校勤務が早く終わると宮崎宅へ出向いた。すると宮崎は「漱石と石坂養平とのことは新聞で公開されたから、別のことを書いてくれないか」と言った。「漱石のことですよね」と言うと、宮崎は頭を振ってうんうんと頷いた。

宮崎は漱石の作品『坊っちゃん』の主人公坊っちゃんのモデルは弘中又一だという。弘中は京都の同志社を卒業し二十二歳で愛媛の松山中学に就職した。そして、漱石が熊本の第五高等学校に転職すると弘中も徳島県の富岡中学に転出した。さらに弘中は四年後、埼玉県の第二中学校（のち、熊谷中学校と称す）に異動した。

宮崎利秀が弘中又一のことを調査すると、このようなことがわかった。それは次のとおり。弘中は明治三十三年（一九〇〇年）四月四日から大正八年（一九一九年）五月八日まで約十九年、熊谷中学校で数学の教師を勤めた。年齢では二十七歳から四十六歳までである。その後、弘中は出身校の同志社中学に勤めた。

弘中が松山中学に勤めたのは一年間であり、漱石が勤めたのも一年間だった。松山で天ぷらそばを四杯平らげたり、団子を二皿食べたのも弘中だった。

弘中が熊谷に住んでいた家は、医者の明石秀硯の持ち家であった。つまり、借家である。明石秀硯の母親は弘中をよく知っていると宮崎に言い、こう述べた。「弘中先生はね、よく遊びに来ました。和服の三尺をしめながらやって来ましてね。お酒が好きなのですが、よく吐いて和服を汚すので奥さんは困っていました。」

このような話を聞くのも楽しいが、弘中又一って本当にこのような人だったのかわたくしにはよくわからない。

二

ところで、わたくしは「漱石と自然」というテーマで文章を書いた。これは宮崎利秀主宰の雑誌『きたむさし』第二号（一九七〇年十二月）に掲載された。

その後、もうしばらく宮崎とも連絡しなかった。それは多田裕計主宰の俳句雑誌『れもん』に「漱石　その俳人としての道程」を発表したからである。『れもん』第七十六号（一九七一年六月）に「漱石　その俳人としての道程（1）」、『れもん』第七十七号（一九七一年七月）に「漱石　その俳人としての道程（2）」が掲載された。多田裕計は芥川賞受賞の作家であるが、晩年は俳句の創作と指導に専念していた。わたくしは多田から俳句だけでなく、小説のことも聞きたいと思っていたが、彼は頑固なところがあり、小説のことを話題に出すと「ハハハハハ……」と高笑いをして、まともな話をしなかった。しかし、多田は若い時（芥川賞受賞の後）、少年用の読み物『夏目漱石』を書いた。わたくしはそれを読んだことはないが、その出版物は存在する。

それは偕成社が発行の偉人物語文庫である。わたくしはその偉人物語文庫の一冊である『ニュートン』（著者・沢田謙）の末尾の広告を見たら、著者・多田裕計の『夏目漱石』があった。広告の文に「永遠の文豪」という表題があり、「幾多の名作を残した巨匠、気骨の面目躍如」と記してある。文学者の偉人物語文庫には『島崎藤村』（著者・伊藤佐喜雄）『石川啄木』（著者・露木陽子）『小泉八雲』（著者・山本和夫）『正岡子規』（著者・荻原井泉水）『宮沢賢治』（著者・浅野晃）等がある。

こうして、わたくしは宮崎利秀と多田裕計とに接して漱石関係の話を聞こうかなと思っていたが、全く聞くことができなかった。残念である。

三

二〇一七年（平成二十九）十一月十八日、埼玉県立久喜図書館でわたくしが講演を行った。題名は「夏目漱石の生涯と作品」である。午後二時から三時三十分まで話をした。その時、埼玉県の人とのかかわりを話したいと考えた。それで、宮崎利秀の話も行ったが、それよりももっと漱石に近い人について話をしようと考えた。その時、頭に浮かんだのは島村盛助《しまむらもりすけ》である。

講演では漱石の作品『吾輩は猫である』『草枕』『三四郎』それに俳句などを話したが、時間が九十分であるから、その程度で終わりにした。そして、島村盛助についても少ししか話せなかった。それで、この場で島村盛助について述べることにする。

島村盛助は一八八四年（明治十七）八月九日、埼玉県南埼玉郡の百間中村《もんまなかむら》（現、宮代町）で生まれた。島村家は江戸時代の初期から名主を勤めてきた。盛助の父（繁）は百間の村長になった人である。

盛助は第一高等学校の大学予科第一部に入学し、卒業。その後、東京帝国大学の文科大学英文科に入学し、明治四十二年（一九〇九）七月に大学を卒業した。彼は第一高等学校在学中、漱石に英語をずいぶん教わったのである。

その後、中学校の教諭となったが、大正九年（一九二〇）七月、山形高等学校の教授となった。大正十一年（一九二二）十月、文部省の在外研究員として一年半の滞在期間で、イギリスへ渡った。大正十二年（一九二三）十二月、帰国した。実際の滞在は一年三ヶ月である。

帰国後、再び山形高等学校で勤めたが、一九四四年（昭和十九）七月、山形高等学校の勤務をやめ、実家の宮代町に戻った。一九四七年（昭和二十二）四月、県立川越中学校（後、川越高校）の英語講師（週二日勤務）。一九四九年（昭和二十四）四月、埼玉大学の英語講師。一九五〇年（昭和二十五）三月、県立川越中学校（後、川越高校）の英語講師を辞退し、同年四月、東京大学の英語講師となる。一九五二年（昭和二十七）四月、自宅で死去。享年六十七歳。

島村盛助のことについては、宮代町郷土資料館に詳しい資料がある。わたくしは島村の編集した英和辞典を持っていたので、その辞典をよく調べてみた。すると、辞典のタイトルは次のとおりである。*Iwanami's Simplified English-Japanese Dictionary*。

この辞典の題名（和訳）は『岩波　英和辞典（新版）』である。発行は一九六三年十一月十日、新版第一版第七刷である。著者は、島村盛助・土居光知・田中菊雄の三名である。

ところで、この本の発行日（一九六三年十一月十日）を見ると、もうこの時、島村盛助は亡くなっていた。だから、この辞典の冒頭（「新版の序」）を見ると、執筆者は田中菊雄だった。

この辞典の第一版第一刷の発行日を見たら、一九三六年四月十四日である。その時から、島村はこの辞典を編纂していたのである。島村はその時、山形高等学校の教授であった。彼はそれからずっとこの辞典を編纂していた。辞典の新増訂版の第一刷が発行されたのは、一九五一年五月十日である。この年十月、島村は健康がすぐれず、埼玉大学及び東京大学の講師を辞退した。そして彼は、翌年（一九五二年）四月、病気で亡くなった。

この後、辞典が新版の第一版第一刷を発行した。それが一九五八年三月二十五日である。島村の没後、六年である。わたくしが入手したのは新版の第一版第七刷（一九六三年十一月十日）である。

ところで、この辞典の新版（第一版第七刷）の「新版の序」（執筆、田中菊雄）を読むと驚いた。田中はこのような文を書いている。

思えば、私が昭和五年旧制山形高等学校に赴任して間もなくこの業にたずさわってから、既に二十八年、自分の生涯がただこの一路につながったことを今にして天に感謝するものである。本辞典の初版出版に絶大の好意を寄せられた岩波茂雄氏はすでに亡く、恩師島村盛助先生は昭和二十六年の新増訂出版後間もなく他界せられ、今回の改訂の業には非才な私がもっぱら当るより外なかったのであるが、幸いに土居光知先生の終始変らぬ貴き御指導御鞭撻の下に辛うじてその任を果し得たことを衷心から感謝する次第である。

このような文章を見ると、田中菊雄は先輩の島村盛助をずいぶん尊敬していたのだと理解できる。また、この文章の末尾に、このような文がある。

ここに新版を世に送るにあたり、恩師島村盛助先生と岩波茂雄氏の御霊に満腔の感謝を捧げ、切に御冥福を祈り奉る。

この文章を田中が書いたのは昭和三十三年（一九五八）三月である。

この文に述べられている岩波茂雄（岩波書店の創業者）は一八八一年（明治十四）に生まれ、一九四六年（昭和二十一）四月に亡くなった。享年六十六歳。島村盛助（英語学者）は一八八四年（明治十七）に生まれ、一九五二年（昭和二十七）四月に亡くなった。享年六十七歳。岩波茂雄は島村盛助より三年、年上である。そして、島村盛助は岩波より後に亡くなったが、生きた年数は両者がほとんど同じである。昭和の戦後間もなくの時代には六十歳代の半ばほどで亡くなる人が多かったのだろう。現在（二〇二〇年代）では八十歳代の半ばで亡くなる人が多い。そう考えると、現在の老人は岩波や島村の時代から比べると二十年ほど長生きする人が増えているのだろう。

四

島村盛助は英語学者として有名だが、日本語による文学の創作もある。それは師の漱石からの強い影響である。そのことをしばらく述べることにする。

島村盛助の創作（小説）は幾つかあるが、わたくしがここで述べたいのは二つの作品である。一つは「大木《たいぼく》」であり、もう一つは「渚《なぎさ》」である。「大木」は雑誌『ホトトギス』十四巻五号（明治四十四年一月）に掲載された。「渚」は雑誌『ホトトギス』十四巻十号（明治四十四年五月）に掲載された。いずれも短篇小説である。そして、いずれも自伝的な小説である。その筆名は島村苳三。この苳三を「とうぞう」と読むか、それとも「ふきみ」と読むか。「ふきみ」と読むのは不思議である。

雑誌『帝国文学』の明治四十一年（一九〇八）七月、八月、十月の全三回にわたって島村は「精神の眼」を書いた。その時の筆名は苳村である。これは「とうそん」である。それならば、前掲の苳三は「とうぞう」であると思うが、実際は「とうさん」であった。

作品「精神の眼」は外国文学の翻訳である。これには故事成句のような名言が述べられている。例えば次のとおり。

・仮にも縁あって夫婦となった以上、できる限り破鏡の歎は避けたいネ。
・夫婦の不和を解く者は、「時」（Time）と「機会」（Chance）である。

このような名言を紹介しつつ、この翻訳は終了した。さて、島村の小説を見てみよう。「大木」は、島村が高等学校在学時のことを綴ったものであり、「渚」は大学在学時のことを綴ったものである。「渚」は、より短いものであるから、この作品から述べることにする。「渚」作品の主人公は昌吉（姓は永田）であり、東京帝国大学の学生である。そして、嫁もいる。嫁は清子であり、お付きの女中はきいである。彼らは東京本郷の近く、森川町の借家に住んでいる。借家の傍には製糸工場があり、彼らはもちろん、近所の人たちも、工場の音を嫌っていた。

昌吉はもう大学卒業、間近だった。卒業後は教師になるか新聞記者になるかなど考えたが、それはしたくないと思った。それでは彼はいったい何になるのだろうか。

「渚」の第四章を読むと、永田昌吉は東京の神楽坂にある演芸館に入った。そして、中には俳優学校がある。それでは、彼は俳優をめざすのだろうか。

いや、そうではなかった。彼はこの俳優学校に勤めている三木先生に会うのだった。それは昌吉の出身地である田舎の村の草野（小学校の校長）から手紙を受取ったからだった。「青年会の旗を作ろうと思うのだが、どうも考えがつかない。知り合いの方に相談してもらいたい。」自分にはこんなことは出来ないと困った顔で妻の清子を見た。すると彼女は、「三木さんに相談したらどうでしょう?」と言った。それで彼は三木先生の宅を訪ねた。三木先生はこう言った、「私の知っている図案家がいますから、その男に相談してみたらどうですか。紹介してあげます。」

このような次第で彼はある日、演芸館の中の俳優学校に行った。二階の教室で、石川学士が学生たちに管楽器の説明をしていた。昌吉は三木さんと教室の後ろの席に座って、石川学士の講義を聞いていた。講義が終わると、二人は教室を出て、神楽坂から電車に乗った。そして、三越呉服店に行った。昌吉は三木さんの後について行くと、三越呉服店の一室に入った。そこに画家がいた。「重そうな金の指輪をはめた四十くらいの人」だった。その画家は「二、三日中に考案をお届けしましょう」と言った。そして昌吉は「いずれ御考案を田舎の方へ送りまして、その上でまた、御相談を願います。」と述べた。こうして、問題の一件は落着した。青年会の旗づくりの話は、これで終った。

この後、昌吉は自分が高等学校にいた時、よく訪問した文学者谷崎濤声と出会った。「谷崎さん、しばらくでございました。永田です。」そう言って彼は傍へ行って挨拶をした。

その後のことであるが、三越呉服店で子ども博覧会を開催することになった。その陳列場で、永田昌吉が偶然、谷崎に出会った。その時、昌吉は谷崎が「大きな本屋の顧問であるし、前から知っている人だから、快く力を添えてくれるだろう」と思い、自分の翻訳原稿を本にしようと考え谷崎に依頼しようとした。その会話を今風に綴ると、次のとおりである。

谷崎　長いものですか?
永田　ええ。菊判にして四百ページ以上になりましょう。
谷崎　そりゃ、バカに長いものだな。
永田　少し長すぎるかもしれません。ぼくは去年、大学を卒業しましたが、どうもやることがないものですから、あんなものを訳してみたのです。
谷崎　とにかく、拝見しましょう。いずれその上で、お世話をしてあげてもよろしい。

(＊原文は現代表記に改めた。)

このような会話で永田昌吉はむっとした。しかし、永田は「自分の現在の有様を打ち明けて、すがりつこうとした意気地のない心持」に恥しくなった。

それから、永田は三木さんにまた、谷崎の罵倒を散々述べた。すると、三木さんが述べた。
「何が彼にわかるんです。それほど、信用ができない者なら、頭から断った方がよいじゃありませんか。」そのような三木さんの言葉を聞き、彼の表情を見た永田は今度は妻の清子のことを思った。自分が三木さんに述べた言葉や、その時の表情が清子にも反映されたら、彼女も三木さんと同じように、「信用ができない者なら、頭から断った方がよいじゃありませんか。」と言うであろう。そうして昌吉は心配になった。

この作品「渚」の最終は次のとおりである。

水道橋で昌吉は乗り換えをしなければならなかった。真っ暗な往来の中で電車を待っていた時には、昌吉の憤怒はもう跡形もなく消え失せて、ただ理由もなく、寂しく心細くなっていた。（＊原文は現代表記に改めた。）

この作品「渚」は主人公永田昌吉が大学を卒業する直前の出来事である。

五

今度は作品「大木」である。この冒頭は次のとおりである。

徹治が杉戸の停車場へ降りたのは、日暮れに近い頃であった。もう、霜解けの道が凍った。停車場前の休み茶屋のおふくろが、薄暗い座敷の内から、徹治を見かけて挨拶した。今少し早く来るつもりで彼は十時頃に、矢来町の下宿を出たのであった。なぜか気が進まなかった。出かけてから明日にしようかとも思った。それでも引き返しもせずに江戸川の終点の方へ歩いて行った。いつも帰省する時には神楽坂下から電車に乗って両国停車場へ行く。今日は江戸川から山谷へ回って、北千住で汽車に乗ろうとした。もう大晦日は幾日の中に迫っているので、山吹町の通りには気早《きばや》な松飾りが、ちらほら見えた。薄雪のような深霜をかついで明けた、その日は長閑《のどか》であった。（＊漢字及び仮名遣いは現代表記に改めた。）

主人公の徹治（姓は滝）は十二月の末、東京の矢来町（新宿区）の下宿を出て、埼玉県杉戸に向かった。そこには自宅がある。杉戸の停車場（今では駅）で電車から降りた。停車場の近くには「休み茶屋」（今では喫茶店）があり、茶屋のおばさんが徹治に挨拶をした。徹治はやっと、なつかしい故郷に来たのだと喜んだ。

駅から実家に歩いて行く時、徹治は機織《はたお》りの音を聞いた。そのことを作者は次のように綴っている。

そこここで木綿機《もめんばた》を織る音が聞こえた。機織り女の唄もにぎやかに聞えた。野の忙しい五月六月には幾らか機織りの音も減《へ》るけれど、冬の夜長にかけては、どこの家でも皆、内職に木綿を織るのである。その木綿は二の日と七の日とに一里あまりはなれた粕壁《かすかべ》に市《いち》が立って、そこへ運ばれてゆく。間々《まま》にも萌黄《もえぎ》木綿の大風呂敷を背負って革筒《かわづつ》に入れた秤《はかり》を帯にさした白買い（＊白い木綿を買う商人）が戸毎《ごと》に出入りをする。中には数人の織《お》り女《こ》を雇って専業に木綿を織る家も四、五軒あった。徹治の家の近くにも一軒ある。小さい頃にはよくそこへ遊びに行った。むき出しの草ぶき屋根の裏地の竹藪から縄なぞがさがって、一面に雪のような糸くずがふわふわと積っていた。機織りの家は湯煙のぼうぼう立ちのぼるカンテラを一つ一つ吊るして夜の更けるまで、機械の音を立てていた。

夏の夜は、若い男らが小屋の周りに群がってきて、機織り女をからかった。

徹治は我が家の門を入った。寺のような大きい家が、庭の果てに真っ黒に立っている。もう大戸は閉めてあった。古くなって具合の悪い潜《くぐ》り戸をがたがたと押し開けて台所に入った。突き当りの竈《かまど》でお酉《とり》（＊この家の女中さん）が火をたいていた。彼は黒光りする上《あが》り框《かまち》からすぐに茶の間へあがった。夕餐《ゆうさん》の支度をしていた母がすぐ見つけて、濡れ手を拭《ふ》きながら茶の間へ来た。

こうして徹治は実家で夕餐《ゆうさん》を頂《いただ》くのである。久しぶりに実家に着いた喜びが彼にある。

この後、徹治は母と会話をする。母が言う、「明日の晩、うちで講があるので私は今日、お酉《とり》に髪を結《ゆ》ってもらったの。」

すると、徹治が言う、「この頃では家でも講なんぞするんですか。」母が言う、「ああ、どうせするんなら寮を借りるよりか家でした方がいいってお父さんがそうしたのさ。」

「お父さんはどこへ。」「岡野さんがいよいよ危ないって、さっき迎えが来たのさ。」

そして、これから岡野という人の話が中心になる。

六

岡野は徹治の父が十歳ぐらいの時に村の小学校の校長だった人である。その岡野が今、母が言うのは「業《ごう》が深いから死にきれない。もういい加減に往生できるといいんだが。」というように年齢の高い人である。

そして、徹治の記憶に残っている岡野は「もう頭のまっ白な老人」だった。

それから、徹治が実家にいると弟の晋三《しんぞう》が帰って来た。久しぶりに会ったので二人は会話をする。十七歳の晋三は近くに本を置いていた。「見せろ。」と徹治が言うと、晋三は兄に本を渡した。それはダヌンチオ（イタリアの小説家。一八六三〜一九三八）の作品『死の勝利』の英訳本だった。

弟は軍人を志望していたが、いつの間にか文学を志すようになったのだ。その経歴は兄の徹治と同じだった。

そのうち、父が岡野宅から帰って来た。それで、家族そろって夕飯を食べた。鍋には葱などの野菜と鶏肉が入っていた。

そして、徹治の自宅で夜、講が開かれる。母がお酉《とり》と共にいろんなご馳走を用意した。すると周りが急ににぎやかになった。徹治は家を出て岡野さんの見舞いに出かけた。岡野さんの家は徹治の祖父や村の有志が造ったものである。

さて、それからは次のとおり。

土間に下駄を脱いで三畳の座敷へ上がる。子どもの時分に毎日、漢学を教わりに来たのはこの三畳であった。今でもここへ上がると岡野先生が煤竹《すすだけ》の字つきを持って『大学』

『朱熹《しゆき》』章句と教えてくれた時分のことを思い出す。眉毛の長い、阿羅漢のような源七爺が奥の間から出て来て彼を迎えた。彼は源七爺について病間へ通った。

「先生、滝さんの若旦那がお出《い》でんなりやしたよ。」と源七は病人の耳に口を寄せて声高に言った。

病みぼけた岡野さんはものうげに眼を見開いて頷《うなず》いた。心臓病だと聞いたが、夏ごろよりもまだいっそう、水腫が増している。白髪が侘びしく伸びて頭の地に薄黒い垢がついている。何か言っているようであったが、聞きとれなかった。「先生、しばらく……」と徹治は枕元に寄り添って言った。また、ごとごとと言い始めたので耳を近づけて聞いた。「もう最期を待っております。皆様のお世話になります。」と、これだけが聞き取れた。

しかし、岡野さんはなかなか他界に行かれなかった。徹治がまだ岡野宅にいた時、村長の白石がやって来た。白石の息子恭介は、徹治の友人（同級生）であり、今年、東京の文科大学（東京帝国大学）に入学した。

それから、正月になった。母は具合いが良くないので、蒲団の中で眠っている。父は入り婿であり、家は母の実家である。「夫が我が家伝来の資産を減らしたことに母は深い不平があるらしく（＊竹長附記、徹治に）見えた。」徹治は女中のお酉と会話をした。

「東京はお正月ですね。」「ああ。」

「東京のお正月は、にぎやかでしょうね。」

「ああ、ずいぶんにぎやかだ。」

「去年でしたっけか、若旦那さま、東京でお正月をしやしたな。」

「そうだ。去年だった。」

「一生に一度、東京のお正月を見てえもんだけど。」

このような会話をしながら、お酉はせっせと手を動かした。彼女は張り板に布を張っていた。板と布との間に膨《ふく》らむ空気を彼女は手でしゅっしゅっと均《なら》していた。

こうして徹治は仕事をするお酉、小説を書く弟、家の近くの杉の木を伐った材木商、暗い部屋に一人で寝ている母、など様々なことが頭に浮かんだ。

七

その後、正月休みに徹治は白石の家に行った。そして、友人の白石恭介と会話をした。白石の家は徹治の家と同じ村にある。だが、白石の家は明るく、擦《す》りガラスを用いた書斎がある。

徹治は羨ましく思った。それから二人が話をすると、徹治の弟晋三のことが話題になった。晋三は恭介と会って話をしたそうだ。

「何か小説を書いているそうですね。」と白石が言った。

「さようですか。」

「すごくダヌンチオを崇拝していましたよ。」と白石は笑って言った。徹治は自分が嘲《あざけ》られたような心持ちがした。

「いったい、読めるんでしょうか。」と徹治は言った。

「そりゃ、読めるでしょう。」

「まだ中学の四年です。」

「ぼくらの時代より進歩していますから。」

「しかし、……」と徹治は躊躇《ちゅうちょ》しながら、「まだ、ああいうものを読むのは早かないでしょうか。」

「ええ、早いかもしれない。だが、それは個人の問題だから仕方がないじゃありませんか。」

こうして二人の議論は終った。兄の徹治は弟の晋三のことが気になって友人と話したのだが、友人の白石恭介は寛大な心で晋三のことを賞讃した。徹治はそれがうれしかっただろうか、それとも、まだ心配の気持が残っていただろうか。それははっきりとしない。しかし、そのような不明確な表現が読者にはありがたいのだろう。それは読者自身が判断すればよいからである。

八

さて、この後のことである。徹治は恭介に「今度弟がお訪ねしたら、小説を書くのをやめろと言ってください。」と言う。「なぜです。」と恭介は真顔になって反問した。すると、徹治が「まだ早いだろうと思うのです。」と答えた。「ええ、さよう。」と恭介が肯定した。

この議論は、文学作品（小説・詩）を書く年齢の問題である。あまりにも若い年齢で文学作品を書いたら、素晴しい傑作ができないだろう（また、さらに、その後ずっと作品を書き続くなどできないだろう）という定説である。この定説が正しいかどうかはわたくしの考えでは疑問であるが、作者の島村はこの問題を自作の小説で提起したのである。

そしてこの作品の中で、恭介はトーマス・チャタートンの例を出した。「君の弟は天才かもしれないでしょう。思うようにやらせてみる方がよいじゃありませんか。」と再び、弟のことを賞讃する。

チャタートンは十八歳くらいで詩人の一生を終えた。だから、徹治の弟晋三が今は小説を書いても、ずっと小説を書き続けることはないだろう、そのように恭介は述べたのだろう。

九

いよいよ、大木の話になる。それは実家の庭にある欅《けやき》の木である。母が徹治に言った、「いろいろお父さんと相談して、とうとう欅の木を伐ることにしたよ。」大木というのは徹治の実家にある欅の木のことである。杉戸の材木屋が来て、それを伐らせることにした。

そして、母が言った「何しろあんな大木のことだから、芯《しん》が腐《くさ》れてしやしないかって心配して、思うような値《ね》には売れないのさ。それでもお前が卒業するまでは沢山だから伐らせることにした。」

これは徹治が学校を卒業するまでには学費もたくさん納めなければならないから大木を伐らせて売ることにしたのだと母が言った。

また、徹治がこう言った、「あのくらい古くなるとずいぶん、芯《しん》の腐れてることもあるでしょうね。」母が言った、「たいがい、腐れてるもんだと。」

こうして実家の大木（欅の木）は材木屋に伐られてしまう。

それから、また別の話である。白石恭介の父は村の村長であり、俳句会を行った。それに恭介も参加する。それで俳句を作ったことがない徹治も参加した。

徹治は自宅に帰ると、いろんなことが頭に浮かぶ。早く東京に戻りたいという気持と、田舎の様子の変化が気になる気持、その両方が彼の心を動揺させる。

そして、ある日の夕方、欅伐りの職人三、四人が家にやって来た。そして、挨拶をした。近所の人たちが寄って来た。そして、御礼の言葉を述べた。「皆さん、ご苦労さまです。恐ろしく、木ってもんはでかくなるものですな。これは何年ぐらい、たったもんですかな。」欅伐り職人の一人が応えた、「三百年や五百年以上ですな。」

それから再び、岡野さんの話になった。徹治が夕方、岡野さんの家の近くに行くと、口の中で念仏を唱えた。家に入ると、大勢の人がいた。徹治の父、白石村長、その他大勢の人がいた。徹治は彼らの後《うしろ》から「末期の息を引きつつある」岡野さんの顔を覗いた。

そのうち、伊東医師がやって来た。医師は看護役の源七爺さんから蠟燭灯を受取って、岡野さんの瞳を見た。「ああ、もう最期です。」白石村長が頭を下げた。源七爺が念仏を唱えた。

一同は白石村長から始めて順番にそれぞれが岡野さんの唇に末期の水を含ませた。十分ほどで息が絶えた。それから、徹治は岡野さんの家を出た。

そして、岡野さんの葬式である。家から棺が出た。教え子たちの長い列が畑の傍の道に続いた。徹治は雑木林の間から、その葬列を見ていた。

葬儀が終ると、徹治は雑木林から出て墓地に向かった。作品の末尾は次のとおり。

湿った土饅頭の上に白い旗がだらりと垂れていた。それには「前柏《かしわ》小学校校長　岡野寛之《の》棺」と記してあった。線香の煙もなく、手向けた花もなかった。徹治は樒《しきみ》の枝を供えようとしたが、枝が高いので折ることができなかった。ふと立ち並んだ石碑《せきひ》の間に枯れ枯れの躑躅《つつじ》を見つけた。石碑のかげには、まだうずたかく雪が残っていた。せめてものことに彼は、その枝を折り取って墓にさした。

躑躅の芽は固かった。春はまだ遠い。

この末尾は素晴らしい。徹治が教わった小学校校長、岡野寛の末期のことを記しているのだが、それと共に実家の大木（欅の木）の末期も記している。この作品のタイトルは「大木」であるが、木のことだけでなく、人間の老人のことも叙述している。大木は老人の象徴である。

主人公の徹治はこれから大学に入る青年であるが、小学校時代の恩師岡野が亡くなり、実家の大木（欅の木）が亡く（無く）なっていく。この寂しさが季節の冬の寒さと重なり合う。冬は木に花も咲かず葉は落ちて、木は索漠とした老人の姿のようになる。

大学生にこれからなろうとする若い主人公のことを、作者島村がよくこのように書いたとわたくしは思う。若い青年は、まだまだ幼い木である。

ところで、島村盛助がこのような小説を書いたのは、作家を目指すというものでもなかっただろう。この若い時に彼は創作をしたかったのだとわたくしは思う。恩師の夏目漱石を目指して作家になろうなどとは考えなかっただろう。しかし、自分自身の生活や実家のこと、また、親や兄弟そして友人のこと、それらを何かに書いて残しておきたいと思ったのである。

島村盛助は翻訳もし、英和辞典を作ったりしたが、小説家になることはなかった。それは思い切って、書きたいことは書いておこう、そして、それを何かに残しておきたい、そう思って作品（小説や童話）を書いたのである。それは師の漱石からの強い影響である。

島村盛助は雑誌『ホトトギス』の他に多くの作品を有名な雑誌に発表した。そのことを次に述べておく。

十

第一に『帝国文学』である。これに掲載されているのは劇作である。題名は『精神の眼』。これはもともと外国文学の作品であるが、登場人物は日本人の名前に変えている。それは当時、日本では翻案という作品が多かったからである。人物の名前や地名を、日本的な名称にした。この作品『精神の眼』で人物が行きかう場所は東京と千葉県銚子、犬吠岬海岸である。これは『帝国文学』第十四巻第七（明治四十一年七月）、第十四巻第八（明治四十一年八月）、第十四巻第十（明治四十一年十月）などに掲載された。

次に発表したのはメレジュコフスキーの作品「ジュリアンの最後」であり、これは『帝国文学』第十六巻第三（明治四十三年三月）に掲載されている。そして、『帝国文学』第十六巻第八（明治四十三年八月）に掲載されているのは小説「山麓」である。この小説は『帝国文学』の巻頭に載っている。

この次、記録文学として「病院雑記」というタイトルで『帝国文学』第十六巻第十（明治四十三年十月）に載っている。病ボケがした伯母を見舞う自分のことを記している。また、『帝国文学』第十七巻第十（明治四十四年十月）に小説「火取虫」がある。

第十八巻第七（明治四十五年七月）には小説「楊の花」、第十九巻第二（大正二年一月）に小説

「塔」が掲載されている。このように見てくると、島村はずいぶん小説を書いたのだと思う。しかも、これは自分が卒業した大学の関係深い雑誌である。

第二に、高浜虚子や夏目漱石の関係深い雑誌『ホトトギス』である。これに島村は作品「大木」と「渚」を発表した。この二作について、わたくしは詳しいことを既に述べたので、もうここでは言及を控える。ところで、この雑誌『ホトトギス』に島村はメレジュコフスキーの作品『レオナルド・ダ・ヴィンチ』を翻訳して載せた。『ホトトギス』第十五巻第十一号（大正元年八月）から第十六巻第五号（大正二年三月）まで全七回、発表した。

第三に、雑誌『スバル』のことを取り上げる。第九号（明治四十三年九月）に小説「半夏」を発表した。第十号（明治四十三年十月）に小説「子」を発表した。

小説「子」の主人公は省吾である。彼は娘桃子をかわいがっている。妻の名は密という、ちょっと変わった名前である。赤ん坊の桃子の足を省吾は軽くさすってやると、桃子は気持ちよさそうにうーんと足を伸ばした。この小説「子」を読むと、妻と共に赤ん坊を愛している夫の様子が素晴らしく見える。

『スバル』第十二号（明治四十三年十二月）に小説「落合」が載っている。主人公は荒井という男性である。友人の中瀬という男がインフルエンザから肺炎になり亡くなった。病院に一ヶ月ほど入っていたという。荒井は亡くなった中瀬のために、弔慰金を友人たちから集めようとして苦労する。中瀬は東京の高等学校にいたが、大学は京都の帝国大学に入学した。荒井は高等学校時代、中瀬の友人だった。そして、荒井は今、東京の帝国大学にいる。遠くの京都にいた友人の中瀬が急に亡くなったので荒井は彼のことをいろいろと思い出し、高等学校時代の友人たちに中瀬のことを思い出させた。これは学生時代の友だちのことを懐かしく思い起こすだけでなく、「人間はいつ死ぬかわからない」という苦悶の念を想起させたのである。この小説「落合」は学生時代の出来事と、卒業後の出来事の関連性を読者に思い起こさせる。友だちの思い出や友情に関係した作品である。

『スバル』第三年第一号（明治四十四年一月）には島村の小説「風立てる日」がある。これは夕方、強い風が町中に吹きつけることを描いた絵画的な小説である。主人公の男が、知り合いの女性と観音菩薩の御堂に入る。ふと知り合った女性であり、彼女と洞穴に入ったりする。しかし、楽しい時はない。これはいったい、どうしてなのだろうか。「今度はいつ会えるだろう。」と男がそう言うと、女はうつ向いたまま、何も答えなかった。男はさらにこんなことを言った、「また、あの洞窟へ行ってみようか。」すると、女が言った、「つまらないわ。二度行くほどのこともないでしょう。」そう言って女は笑った。烈しい風はやっとおさまって、午後の空が澄み渡っている。この小説は平凡である。そして、男と女の名前ははっきりと記していない。

第四に、雑誌『赤い鳥』である。この第一巻第六号（大正七年十二月号）に島村苳三の創作童話「村の宝」が掲載されている。「これは今から何百年も前にあった話です。」という書き出しである。ある村に乞食坊主と呼ばれるような旅人がやって来た。村の子どもたちから石を投げつけられて困ってしまった。そして、熊のような大きな犬が旅人を追いかける。すると、いい百姓のおじいさんがやって来て、天秤棒で犬を追い散らした。

そして、おじいさんは坊さんを自宅に連れて行き、婆さんと共に三人でお酒を飲んだりした。そして、三人がそれぞれ寝てしまい、朝、起きてみると、坊さんはいなかった。

じいさんが傍にある徳利を手に取って「夕べのようなお酒が出ろ」と思いながら、徳利を二、三べん振ってみると、中から山吹色をした酒がこんこんと湧き出てきた。おばあさんが徳利を手に取って「朝の御馳走、出ろ」と言って二、三べん振ってみる。すると、二人の大好きなご馳走がどっさりと出て来た。

それから二人がそれぞれ何か欲しいものがあると、徳利を手に取って「出ろ、出ろ」と呼び出した。いろんな道具もどんどん増えていった。

村の人たちはおじいさんとおばあさんの暮らし向きが楽になったのを知り、「あれはきっと、お金を拾ったのじゃろう」と思った。しかし、ある時、家の中の様子を見ると、何か口の中で言いながら二、三度、徳利を振っているのを見た。

それから村の人々は、あのおじいさんとおばあさんの所有している「魔法の徳利」を借りることにした。村の長者は「魔法の徳利」を振って「金よ、出てこい。」と言った。しかし、何も出てこない。他の人たちも徳利を振って「金よ、出てこい。」と言ったが、何も出てこない。そのうち、皆は大きな声で怒鳴ったりしたから、喉が渇いて水が欲しくなった。誰か一人が、「ああ、水が欲しいなあ。」と叫んだ。すると、急に徳利から水がぶくぶくと流れだした。「それ、出たぞ。」と人々は争って、その水を飲んだ。

しかし、徳利からあふれ出す水はなかなか止《や》まない。周りが洪水のように広がった。村の人たちは高い場所に上って、その水の流れを見ていたら、村全体が湖のようになってしまった。ところで、湖の岸に今、古い松の木が二本並んで立っている。それはあのおじいさんとおばあさんとの姿のように見える。

こうした昔話のような話を島村は作った。島村の故郷は農村で、近くに海や湖はない。平坦な農地である。だが、近くには利根川の支流の川がある。「魔法の徳利」からどんどん水が出て、周りが湖になったというのは、何となく島村の思い出とつながる。農村地帯の宮代や杉戸は洪水などがよくあったのだろう。それを昔々の話として彼は記述したのである。

以上、島村盛助の作品を大概、述べ尽くしたが、夏目漱石との関係性はあまりないように見えるが実に奥深いところがある。彼は後に英語学者になるが、英語文学の翻訳はあまりやらなかった。中野好夫は英語文学の翻訳をたくさん行った。そして、若い時も文学の創作はそれほど多くはやらなかった。そう考えると、島村盛助は若い時、ずいぶん創作を行ったと判断する。今から彼の創作を読むと、なつかしい明治時代や大正時代、それに昭和戦前の時代などを思い起こす。そして又、夏目漱石からの強い影響を思い起こす。

附記

1. 島村盛助の作品の引用は全て、現代漢字及び現代仮名遣いに改めた。
2. 小生（竹長）がペンネームの竹長整史で書いたエッセイ「漱石と自然」は『きたむさし』第二号（きたむさし文化会　一九七〇年十二月）に掲載されている。内容は漱石の講演記録『英国詩人の天地山川に対する観念』や、日高只一（未徹）と漱石との「コンラッド論争」（作家コンラッドの自然描写や自然観に関する論争）についての文章である。
3. 宮崎利秀のエッセイ「漱石俳句のロマンス」は雑誌『国文学　解釈と教材の研究』（学燈社）に連載された。それは具体的に次のとおりである。「漱石俳句のロマンス（一）」は『国文学　解釈と教材の研究』一九五九年一月号、「漱石俳句のロマンス（二）」は同誌一九五九年二月号、「漱石俳句のロマンス（三）」は同誌一九五九年三月号、「漱石俳句のロマンス（四）」は同誌一九五九年四月号、「漱石俳句のロマンス（五）」は同誌一九五九年五月号である。また、宮崎利秀は雑誌『俳句研究』（俳句研究社）にも漱石俳句についてのエッセイを二回、発表している。それは次のとおり。「漱石俳句のロマンス　秋風の一人を吹くや海の上」は『俳句研究』一九六一年六月号、「漱石俳句のロマンス　空に消ゆる鐸の響きや春の塔」は『俳句研究』一九六二年一月号である。宮崎は漱石の俳句をロマンスと見做して評価している。宮崎の俳句観は多田裕計の俳句観とよく似ている。

4. 島村盛助（号、苳三）の童話「村の宝」が掲載された雑誌『赤い鳥』第一巻第六号（大正七年十二月号）には北原白秋の童謡「なつめ」、佐藤春夫の童話「大熊中熊小熊」、鈴木三重吉の童話「三匹の小豚」等が掲載されている。『赤い鳥』は当時、たいへん有名な児童雑誌であった。

第十四章　研究者からの書簡

一

書斎出ぬ主《あるじ》に客や漱石忌　　かな女

これは長谷川かな女の俳句である。

十二月九日は、夏目漱石の命日である。漱石は朝日新聞社に入社してから小説の執筆に専念し、書斎に閉じこもりがちだった。そのことを長谷川かな女は自分の夫、長谷川零余子《れいよし》のことを思い出し、俳句に作った。

書斎に閉じこもりがちの夫、零余子にもある日、客が来た。その日が、たまたま、漱石の命日だった。

ところで、この俳句には夏目漱石という人間の個性がうまくとらえられている。そして、わたくしはこの俳句を見ると、漱石の妻鏡子のことを思い浮かべ、作者のかな女を鏡子になぞらえ、漱石を零余子になぞらえてみる。しかし、はたして、実際はどうであったのかは不明である。

漱石研究を長い間続けて来て、気づいたことがある。それはわたくしの周囲の人々の中に、漱石らしさを見出す癖がついたことである。それらの人々は漱石とは何のゆかりもない人なのだが、わたくしの目から見ると、漱石と非常によく似ている部分が発見できる。例えば性格やものの見方、考え方といった内面的なものから、顔の作り、体つき、歩き方といった外面的なものに至るまで、様々な点に於いてである。そして、いつの間にかわたくしの頭の中に「漱石らしさ」の体系ができあがりつつある。

次に話す、わたくしの父と漱石の結びつきは、その現象の一つである。

二

わたくしの父は明治三十四年（一九〇一）四月の生まれであり、昭和四十五年（一九七〇）十一月に、若狭の里で亡くなった。死因は糖尿病・胃病の急激な悪化と、風邪による急性肺炎との併発である。長くから病床に就いていたのは糖尿病である。父は家族の者が食べ物を隠したりすると、周りの者に当り散らした。そんな話を遠く離れて暮らしていたわたくしは、母や姉の手紙で知った。糖尿病の患者は被害妄想になりやすく、周りの者を苦しめたらしい。父もそうであった。

大学の夏季休暇で、わたくしは郷里の若狭の家にしばらく帰った。暑い夏のある昼下がり、病床の父は起きて来て、アイスキャンデーが食べたいと言った。歩くのがもどかしくなっていた父はわたくしに「アイスキャンデーを買って来てくれ」と言った。しかし、わたくしは母や姉から父には甘いものは出さないようにと言われていたので、断った。しかし、父は納得しなかった。俺はどうしてもアイスキャンデーが食べたいのだ。お前が嫌なら、よその人に頼んで買って来てもらうと言った。それ以後、わたくしは部屋に閉じこもって読書を始めた。しばらくすると、家の外で、ガタガタと下駄の音がした。戸を開けて外を見ると、炎天下に、ふらふらする足取りで父が出ていく。それを見たわたくしは、どうすることもできなかった。

このことの他に父は変なことを言ったり、母や姉によく怒鳴りつけたりした。

そんな父が亡くなって一年忌のある日、わたくしは母と姉に「晩年の父は漱石に似てたのかもしれない」と言った。すると、「うちの父《とう》さんと漱石とでは月とスッポンだよ。こんな話を聞いたら、草葉の陰でくしゃみでもしてるんじゃない」と大笑いされた。

確かに、わたくしの父は漱石と比較にならない人間であった。無学、無教養、無趣味の人間だった。ただ似ているのは病気だけだった。同じ病を患ったというだけで、漱石と同一視しては、漱石に申し訳ない。

しかし、どういうわけか、亡くなる少し前の父の姿が、一瞬であるが、漱石に似ていると見えた。それは事実である。

三

わたくしが漱石研究の師父及び師母と仰ぐ二人が存在する。その一人は越智治雄である。越智から頂いた書簡（いずれも葉書）は全四通。それらは次のとおり。

［第一］　一九七一年（昭和四十六）九月十六日　発：世田谷局

御論（注1）お贈りいただきありがとうございました。御論は私のまだ手を着けていない分野、しかし絶対に考えねばならぬ問題ですので、大変ありがたく、今後の研究でじっくり考えさせていただこうと思っております。

今の所、冬近い倫敦塔を実際にこの目で確かめたいという計画があるのですが、どうなりますか。健康を害しておりまして御礼の言葉が延引を重ねました。お許し下さいますように。御礼まで。

注

（1）御論……拙著『研究報告　夏目漱石の俳句に関する研究』埼玉県立羽生高等学校刊行（一九七一年十月）。これはＡ４判全二十四頁の小冊子。内容は「漱石に於ける俳諧的なるものへの視座――漢詩と俳句」「漱石俳句に関する統計」「漱石俳句の鑑賞　その（一）」「漱石俳句の鑑賞　その（二）」の四篇から成る。

［第二］　一九七四年（昭和四十九）二月六日　発：世田谷局

御論（注1）お贈りいただきありがとうございました。テーマが大変おもしろく、いろいろな刺戟をいただきました。ただ、どうしても論が二つに割れ、それぞれに解説的な言葉が必要になるので焦点を定めてぐいぐい掘り下げるという感じがなくなりはしないかと思うのですが、いかがでしょう。それを防ぐためには漱石については高階氏（注2）、坂崎氏（注3）の発言を考察したいし、光太郎については劉生（注4）の「涙の……」等のエッセイも視野に入れたいし、もう少し分量をふやして、結論の部分へ入ってゆかれたら、さらに説得力があったろうという気が致します。御礼まで。

注

（1）御論……拙稿「夏目漱石と高村光太郎――美術批評『文展と芸術』を中心に――」大東文化大学日本文学会『日本文学研究』第十三号（一九七四年一月）。
（2）高階氏……高階秀爾。美術史家。
（3）坂崎氏……坂崎乙郎。美術史家。
（4）劉生……岸田劉生。画家。

［第三］　一九七五年（昭和五十）九月十四日　発：世田谷局

前略　『修羅』（注1）お贈りいただきありがとうございました。長い御論を拝見したいと思っていましたから、今回は十分満足させられました。ただ、「こゝろ」をめぐる諸見といった感じで、これが再論で、一つの作品構造の解明にまとめられるのを早く拝見したいという思いが残ります。

御論のうち、最もひかれたのは、明治の終焉に関する漱石の心のひだをこまかくさぐってゆかれた部分です。みんなが見られる資料ですが、一足ごとに立ちどまってゆけば、まだまだ問題のかぎが残されているということで御教示をえました。御礼までに。　敬具

注

（1）『修羅』……拙稿「『こゝろ』総論——愛と時代の窓より——」『修羅』第八号（一九七五年七月）。なお、『修羅』は埼玉県の修羅同人会の発行で、同人には松本鶴雄、曽根博義、高橋秀一郎らがいた。

［第四］　一九七九年（昭和五十四）六月三日　発：世田谷局

御論おおくり下さいまして、ありがとうございました。少し体調をこわしておりまして御論拝読するのが遅れました。お許し下さい。

じっくり俳句、漢詩にとりくんでこられたことがにじみ出ており、「趣味の遺伝」や「草枕」の論にそのことがよくうかがえます。

英詩についても、十三頁の部分など納得されますし、（7）のところ（注1）、試訳をつけた上で、執筆の時期の論など、新鮮な御指摘に目をみはりました。

総じて今までにいただきました御論より一段階を進めておられると存じます。

御礼までに。

〈付記〉　私が漱石のこの時期に触れることがあれば、ぜひ御論に言及したいと思っています。

注

（1）（7）のところ……拙稿「漱石に於ける「風」と「太陽」と「海」――それらに対応する内面の考察――」東京学芸大学附属高等学校大泉校舎『研究紀要』第三集（一九七九年三月）の「（7）〈江藤氏が無視した英文断片〉の内容紹介と、その執筆時についての考察」。

次に師母と仰ぐのは熊坂敦子である。熊坂からの書簡は次のとおり。

［第一］　一九七一年（昭和四十六）九月六日　発：新宿局

拝復　漱石の俳句に関する論考の載った雑誌（注1）お送り下さいまして有難うございました。早速拝見いたしました。私にとって『草枕』の俳句についての論が一番面白く感じました。『草枕』は挿入されている俳句は勿論ですが俳句的散文について研究される余地があると考えます。それから、晩年の俳句の変遷を禅との関係において考えるのも面白いと思います。ご研究の発展を祈ります。

注

（1）漱石の俳句に関する論考の載った雑誌……拙稿「漱石　その俳人としての道程（1）」『れもん』第七十六号（一九七一年六月）、「漱石　その俳人としての道程（2）」『れもん』第七十七号（一九七一年七月）。『れもん』は多田裕計が主宰した俳句雑誌で、れもん社（神奈川県逗子市）の発行。

［第二］　一九七一年（昭和四十六）十二月六日　発：新宿局

おだやかな日和が続いております。過日は研究報告（注1）をご恵投下さいまして有難うございました。このところ体の調子がわるく臥せっておりましてお返事がすっかり遅れました。

面白く拝見いたしました。殊に「漱石俳句に関する統計」はとても有意義に思われます。従来こういう基本的な研究はなされていないので、この貴重な調査からいろいろのことが云われるのではないかと存じます。季語の実際の好みなどや、植物への好みなど、とても面白いと思いますし、これからの研究の参考にさせて頂きます。漢詩と俳句の項はもう少しこまかに、委しく書いて頂きたかったと思います。

注

（1）研究報告……拙著『研究報告　夏目漱石の俳句に関する研究』埼玉県立羽生高等学校刊行（一九七一年十月）。前掲、越智治雄書簡［第二］を参照。

［第三］　一九七三年（昭和四十八）八月三十日　発：新宿局

拝復　先日は抜刷「『草枕』製作時の背景」（注1）をお送り下さいまして有難うございました。早速、拝見、短いものですが着眼点が面白いものでした。もっと長く続けて『猫』や『草枕』の論の中で実証していただけると、わかりやすくなったと思います。今度の『国文学　解釈と教材の研究』（学燈社）の文献目録（注2）に早速入れさせていただきます。

暑い日が続きますので、くれぐれもお大切にお過ごしください。

注

（1）「『草枕』製作時の背景」……拙稿「『草枕』製作時の背景」は『学芸　国語国文学』第八号（東京学芸大学国語国文学会　一九七三年六月）に掲載。

（2）文献目録……熊坂敦子・石井和夫編「漱石研究文献目録」『国文学　解釈と教材の研究』（学燈社）一九七四年十一月号に収録。

［第四］　一九七四年（昭和四十九）二月十一日　発：新宿局

寒中お見舞い申し上げます。先日は抜刷「夏目漱石と高村光太郎」（注1）をご恵投下さいまして有難うございました。今度のは美術批評で視点が新しく、面白く拝見いたしました。

光太郎をよく調べてあって両者のかみ合わせが生き生きと描かれ、その特質がつかみ出されていたように思います。漱石の書簡をくわしく見てゆくべきだと思いました。

今後のご精進を期待しています。　右　御礼まで。

注

（1）「夏目漱石と高村光太郎」……拙稿「夏目漱石と高村光太郎」は『日本文学研究』（大東文化大学）第十三号（一九七四年一月）に掲載された。越智治雄からの書簡〔第二〕の注（1）を参照。

［第五］　一九七四年（昭和四十九）十一月十五日　発：新宿局

拝復　先日は埼玉新聞にご掲載の二通（注1）お送り下さいまして有難うございました。短文ながら筆者の主張が鮮明に出ている論と存じました。とくに『草枕』について「芸術性の回復」とか泉鏡花と比較する視点を面白いと思いました。『草枕』は面白い作品で、西洋と東洋の文明論からも解かなければならないと思っています。私の目に触れることのできない新聞の複写、本当に重宝いたしました。文献目録（注2）の中に入れさせていただきます。

注

（1）二通……拙稿「夏目漱石と石坂養平」『埼玉新聞』一九七二年（昭和四十七）十一月三十日、拙稿「『草枕』の別乾坤」『埼玉新聞』一九七三年（昭和四十八）十一月二十二日。この二稿のコピー。

（2）文献目録……前出（1）の拙稿「『草枕』の別乾坤」は熊坂敦子・大野淳一編「漱石研究文献目録」『国文学　解釈と教材の研究』（学燈社）一九七六年十一月号に収録。拙稿「夏目漱石と石坂養平」は「漱石研究文献目録」には収録されなかった。

［第六］　一九七五年（昭和五十）十二月八日　発：新宿局

先日は『修羅』（注1）をお送りいただき有難うございました。すぐ拝見しておりましたが、手違いでお礼が遅くなり何とも申し訳ありません。

今度のは力作という感じです。とくにキリスト教と乃木大将の項が面白く、新鮮な感じを受けました。ことに後者の方はくわしく調べてあり、漱石と皇室との関係というものも問題になると思っています。

また、『こゝろ』を反キリスト教的な作品として説くのも目新しいことと思いました。

随筆的な、ふくらみのある論文で、それがゆたかな感じを受けましたが、また、緊張感を欠く点も目につきました。今後のご発展を期待しております。

注

（1）『修羅』……越智治雄の項の［第三］書簡、注（1）を参照。

［第七］　一九七九年（昭和五十四）七月三日　発：新宿局

むし暑いころとなりました。先日は二つも抜刷をいただきまして、誠に有難うございました。すぐ拝読いたしましたが、ちょうど帯状疱疹という痛い病気にかかり、すべてが遅れてお返事も遅くなり申し訳ございません。

「菫程な小さき人に生れたし」考（注1）は一つの俳句に徹底的に調べる姿勢に敬意を抱きました。主観的な俳句は、意味がいろいろにとらえられるので慎重に分析しなければならないのはもちろんで、漱石の背景から禅的生活態度が出ているともいえると思います。

「漱石に於ける「風」と「太陽」と「海」――それらに対応する内面の考察――」（注2）も掘りの深い論文です。「海」のところが一番曖昧に出ている感じで、「風」は『野分』『二百十日』も無視できないと思います。

文献目録（注3）に所収いたします。右、御礼まで。

注

（1）「菫程な小さき人に生れたし」考……東京学芸大学附属高等学校大泉校舎『研究紀要』第一集（一九七七年三月）に収録の拙稿。

（2）「漱石に於ける「風」と「太陽」と「海」――それらに対応する内面の考察――」……越智治雄の項の［第四］書簡、注（1）を参照。

（3）文献目録……「菫程な小さき人に生れたし」考は熊坂敦子・大野淳一編「漱石研究文献目録」『国文学解釈と教材の研究』（学燈社）一九七八年五月号に既に収録ズミ。なお、この稿の前稿「『菫程な小さき人』という発想―小坂晋説への反論として――」『学芸　国語国文学』第十三号（東京学芸大学国語国文学会　一九七七年二月）もあるが、とにかく、この時は漱石の俳句「菫程な小さき人に生れたし」の解釈に夢中になっていた。

四

現在は電子メールなどで通信を行うようになり、手紙や葉書を出すことは少なくなった。今、つくづく思うのは、恩師や知人からいただいた手書き書簡の重みである。その筆跡を見るたびに、様々なことを思い浮かべる。励まされたり、注意をされたり、アドヴァイスを受けたりと、わたくし自身の当時の心の襞が見えるようである。

わたくしはこれらの先師からの書簡を見るたびに、励まされる。今も目の前に現れて、こと細やかに説いて下さる、その御姿が浮かぶ。

ありがたい、ありがたいと思いつつ、目を閉じる。

わたくしの漱石研究も、これら多くの先師からの書簡のおかげで進めることができた。

第十五章　ワーズワス詩鈔

目次一覧

・はじめに

・作品全十七

① 三月の牧場　② ウェストミンスター橋のたもとにて　③ 真心もって
④ 早春にペンを握りて　⑤ ルーシー・グレー　⑥ 麦を刈る少女
⑦ 水仙の花　⑧ 美しい夕方　⑨ 私たちは皆七人　⑩ 蝶よ
⑪ ヒバリに　⑫ 蝶を追う駒鳥　⑬ わたしの妹に　⑭ 眠りに
⑮ 仔ひつじと少女　⑯ 海辺にて　⑰ じわじわと夕方が

はじめに

ここに収めた十七篇の詩は全て、ウィリアム・ワーズワス Wordsworth, William（1770–1850）の作品である。ワーズワスは英国カンブリア州コカマスの生まれ。湖水地方のホークスヘッドにあるグラマー・スクールと、ケンブリッジ大学（その中のセント・ジョンズ・コレッジ）で学んだ。フランスとスイスに旅行したことがある。コールリッジと共に『抒情歌謡集』（一七九八年）を刊行し、自ら自伝的叙事詩『序曲』（死後、完全版が一八五〇年に刊行）等の詩集等がある。妹のドロシーが精神不安定な時期の兄ウィリアムをよく支えた。日本では夏目漱石が評論「英国詩人の天地山川に対する観念」（『哲学雑誌』明治二十六年三月～同年六月）でワーズワスを紹介した。日本でもワーズワス詩の翻訳は多い。わたくしは英国のコカマスに行き、ワーズワスの家と資料館を見学したことがある。

ここでの翻訳は英語原文をもとに、わたくしが日本語に訳した。英文テキストはトーマス・ハッチンソン（Thomas Hutchinson）編集の *The Poetical Works of William Wordsworth*（『ウィリアム・ワーズワスの詩的作品』）。オックスフォード大学出版局（Oxford University Press）刊行の一九一〇年版である。

訳した作品の英文原題は次のとおりである。

①三月の牧場（*Written in March*）
②ウェストミンスター橋のたもとにて（*Composed upon Westminster bridge*）
③真心もって（*Fidelity*）
④早春にペンを握りて（*Lines written in early Spring*）
⑤ルーシー・グレー（*Lucy Grey: or, solitude*）
⑥麦を刈る少女（*The solitary reaper*）
⑦水仙の花（*I wander lonely as a cloud*）
⑧美しい夕方（*It is a beauteous evening*）
⑨私たちは皆七人（*We are seven*）
⑩蝶よ（*To a butterfly*）
⑪ヒバリに（*To a skylark*）
⑫蝶を追う駒鳥（*The redbreast chasing the butterfly*）
⑬わたしの妹に（*To my sister*）
⑭眠りに（*To sleep*）
⑮仔ひつじと少女（*The pet lamb*）

⑯　海辺にて（*Composed by the seashore*）

⑰　じわじわと夕方が（*Calm is the fragrant air——Evening Voluntaries*）

1　三月の牧場

ニワトリが鳴き
小川の水流れ
小鳥はうたう。
湖の水面は　きらきら輝き
陽は上り　野原はまだ眠っている。

年寄りと若者は
働き盛りの男らと仕事に励んでいる。
牛と羊は
首を上げず　一心に草を食べている。

四十匹もいる家畜は
皆一つの大きな体になって草を食べている。

戦に負けて退いた兵士のように
草原の雪は消えていった
だが草木のない丘のてっぺんに
雪がある
牧場の見張り番の子どもが
声をかけて山羊を追いかける。

山に喜びあり
泉には命溢《あふ》れ
小さな雲の塊がどんどん動いていく。
空の青さがどんどん広がっていく。

雨は止んだ

野原がきらりと光った。

2　ウェストミンスター橋のたもとにて

大地は澄みわたり　堂々と見せる何物もない
そこを通り過ぎようとする心は愚かである
目の前の光景はまさに荘厳に達する
この町は今眠りから覚めようとしている
朝の美しさは
船、塔、尖塔、劇場、そして寺院。
野原へ出て空を見てごらん
煙のない大気の中ですべてがキラキラと輝いている。
太陽は黄金色の矢を地上に放ち
谿、岩、丘を次々と照らす

川は波が無く静かに流れてゆく
近くの家々はまだ眠っている
全てのものに力強い心が潜んでいる。

3　真心もって

羊飼いは何か吠える声を聞いた
犬だろうか
そうでなければ狐の鳴き声だ
彼は立ち止まった
そして目の前に散らばる石を見たりして遠くを眺めた
はるか遠くの羊歯《しだ》の草叢《くさむら》がゆらゆらと動いた
急に一匹の犬が現れた。

犬は山育ちでなかった
動作は荒っぽくて、おどおどしている
その犬の鳴き声の中に羊飼いは
何か不思議なものがあると思った
辺りを見渡すと谷間にも尾根にも誰もいない
呼び声も口笛も聞こえてこない
この犬はいったいここで何をしているのだろう。

そこは山陰《やまかげ》の窪地である
今年の六月までそこに雪がたまっていた。
前面は高い絶壁、下には静かな湖がある
ここは街道や人家、そして通路や耕地から遠く離れている。

湖に突然、魚が跳び上がり
寂しい場所に喜びを贈る
あちこちにある断崖の上で鴉の鳴き声が木霊《こだま》して

荘厳なシンフォニーを繰り返す
遠くの空に虹が出て雲が現れ
靄《もや》が出たりするが
やがて日光が照らし
山風がひゅうひゅうと音を立てる
山風は急いで通り過ぎようとするが
大きな山壁がそれを遮《さえぎ》る。

空は緑、谷間は澄みわたり
朝日が岩壁に赤く照り映える
夕方になると雲が出て暗くなり
疾風《はやて》がひゅうひゅうと吹く
吹き飛ばされない大きな岩がある
その岩は大昔の威厳を保ち堂々としている。

ところで、羊飼いは犬の不思議な様子に心を囚《とら》われ

ぼおっとしていた
犬は急に草の間に入り、どんどん走った
羊飼いは犬の後を追って走った。

岩と岩の間の窪地に入ると
人間の髑髏《どくろ》があった
羊飼いはびっくりして立ち止まった。

この人はあの断崖絶壁のそばから落ちたのだろう
羊飼いは旅人のことをあれこれ想像した。

犬はどこへ行ったのだろう
羊飼いは遠くを見ると
犬は下の谷間に降りてさ迷い歩いている。

犬は自分の食べる餌を探している

だが　犬は遠くへ行かない
それは亡き主人の遺体を守っているからだ
一人で谷間に残り、どこかで餌を探し、
今もなお泣き叫び、さ迷っている
それは私たちの知ることのできない
忠実な真心というものである。

4　早春にペンを握りて

小さな森の中で　私はベンチに腰掛けて
注目する　たくさんの音を聴いた
甘美な雰囲気の中　愉快な考えと悲しい気持が
次々にやって来た
自然は私の中の　人としての心を　美しい創造主と結びつけた
人が人から何を造ったか？

えっ!?
そういう考えが私の心に近づいてきて　私を悲しませた
そのようなことが有り得るのだろうか

あの緑色の風情ある田舎の一軒家
庭にはサクラソウがぱっと咲いている
そのそばにあるツルニチニチソウ（蔓日々草）を引きずるように運んできて
一つの花輪を作った
はあはあと苦しい息遣《いきづか》いをして
村の空気を楽しんだ

周りにいる鳥たちは　私を楽しませる
しかし私は　鳥たちの思いを知ることはできない
鳥たちは最後に　バタバタと音を立てて動き回った
それを見て　私の心はドキドキした

芽を出しかけた　花の小枝は
そよ風をつかまえようと　葉を徐々に広げていった
小枝の喜びはそこにある

花の小枝がそよ風をつかまえようとする、その考えが
天空から送られてきて
しかも、それが大自然の素晴らしい計画であるのなら
私は悲しまない
「人が人をつくる」
それは大自然の素晴らしい計画だ

5　ルーシー・グレー

私は何度もルーシー・グレーのことを聞いた
荒野を横切った時

偶然、一人ぼっちの子どもに会った
ルーシーは一人の友だちもなく
広い荒野に住んでいた
人の住む家の戸口に咲く可愛い花のようだった

遊びに夢中になる鹿の子どもや
緑の野原を飛び回る兎はいる
だけどルーシー・グレーの可愛い顔は見られない

「今夜は嵐の吹き荒れる夜となるだろう。お前さん、町まで行ってくれないか。子どもよ、
お前のお母さんが雪の中を帰って来るんだから。」

「お父さん、私が行きます。」
やっと午後になり、教会の時計が二時になりました。遠くの方に月が出ています。

父は斧《おの》を持ち上げて
薪《まき》になる木片をたたき割り　仕事に精を出す
傍にいたルーシーはそっと手にランタン（＊手提げランプ）を持ち上げた

山の牡鹿が悪ふざけして　大さわぎ
角で一突きするようにルーシーは足で雪を蹴散らし
雪は煙のように舞い上がる

村に嵐が吹き荒れる
ルーシーはあちこちを歩き回った
彼女はたくさんの丘に上った
だが街には帰れない

ルーシーの父母は夜中じゅう　ずっと
叫び続けて彼女を探した
だが、どこからも声がしない

彼女の姿は見つからない

夜明け近く父と母は丘に上って
沼地を見おろした
すると自分の家からずいぶん遠い所に
木の橋が目に付いた
「もしかして娘は川に落ちたのでは！」

親達は家への帰り道で叫んだ
「私たちはあの世で娘に会えるかもしれん」
その時、母親は見つけた
雪の道にルーシーの靴のあとが……

父と母は険しい丘の端から下に降り
小さい靴の跡を辿りながら歩いた
サンザシの木でできた垣根をくぐり抜け

長い石の壁に沿って歩いた
それから両親は広い野原を横切った
ルーシーの靴あとは続いていた
二人は靴あとを追いながら
ついに橋にたどり着いた

雪の積もった堤から
一つ一つ、靴あとを辿っていくと
橋の真ん中に来た
そこで靴あとは消えていた

「ルーシーはまだ生きている」と
人々は言う
「寂しい野原で可愛いあの子の姿が
見られるよ」

ルーシーは後ろを振り返らず
堂々と、楽しく、一人で旅をしたのだ
寂しい歌をうたいながら
その歌は風と共にやって来る
そして　私たちの耳にこだまする

6　麦を刈る少女

見てごらん　麦畑で一人
高い所に少女がいる
一人で歌をうたいながら麦を刈る
歩くのを止めて見てごらん
そうでなければ静かに行ってしまいなさい
少女は一人で麦を刈る

それを束にしてから、寂しい憂鬱な歌をうたう
聞いてごらん
少女の歌声が谷間に木霊《こだま》するよ

アラビアの沙漠
その木の蔭にオアシスがある
旅人はオアシスで疲れをいやす
夜鳴き鳥の声、それは少女の歌声にそっくりだ
遠くのヘブリディーズの島で
郭公《かっこう》が海の静けさを破る
郭公の歌声は少女の歌声に及ばない

少女のうたう歌がどういう意味なのか
私にはわからない
悲しい調べは昔の不幸のことか
それとも、昔の戦いのことなのか

世の中によくある貧困のことなのか
再びやって来る自然な悲しみ、喪失、苦痛
それらは昔にもよくあったが
又、やって来るだろう

少女のうたう歌がどういう意味なのか
私にはわからない
少女は相変わらず歌い続けている
麦を刈り取る鎌を手で動かしながら
ずっとうたい続けている
私は少しも動かず、少女のうたう歌をずっと聴き続けた
その歌が聞き取れなくなるまで
少女の歌はいつまでも私の心の中で鳴り響いた

7　水仙の花

雲は谷と丘を越え　空高く動いていた
その雲のように　私は辺《あた》りをさまよっていた
湖のそばに　金色の水仙の花が　たくさん咲いていた
水仙は樹の下に在って　そよ風に吹かれると
ダンスを踊るように　ふらふらと揺れた

銀河系の星がキラキラと輝く　その星のように
たくさんの水仙が湖の岸辺に　ずっと続いて咲いていた
一寸《ちょっと》見ただけでも　花は一万くらいある
その花が頭を振って　踊っている

水仙の花のそば近く
さざ波がひそやかに踊る
水仙はさざ波に劣らず

喜びにあふれ　ひらひらと踊り出す
私はそれを見ていたら　いつの間にか
悩み事を忘れてしまった

眼に集中する喜びは
いったい　どんなものだろう
自分にそう問いかけながら
水仙の花びらをじっと見ていた

時々空《むな》しい気持になったり
悲しくなったりして
長椅子に横になる
その時　ぱっと目にとびんでくるのは
水仙の花だ
水仙の花は寂しさを癒《い》やす宝物だ
私の心は水仙と一緒に踊り

楽しさでいっぱいになる

8　美しい夕方

おだやかで　のんびりした美しい夕方
この時間は祈りに集中する尼僧のようだ
目の前の夕陽は静かに沈んでいく
空の静けさは海に伝わる
耳を傾けると　宇宙の偉大な魂が
今まさに目覚めて　雷のような大きな音を立てる
ここに私と共に歩く一人の少女がいる
彼女は厳《おごそ》かな思いに誘われず
生まれながらの神聖な性質を保持して、ぼんやりしている
少女はアブラハムの心に近いのだ
そして、神殿の奥にある厨子《ずし》に礼拝する

神は私たちの知らない間に
少女と共に存在するのだ

9　私たちは皆七人

あどけない少女がいた
息を弾《はず》ませ、手足をバタバタと動かす
この少女、死について何か知っているのだろうか

ある田舎の村で私は元気な少女に出会った
いくつ？と尋ねると、少女は八歳だと言う
頭の周りには髪がふさふさとして、縮《ちぢ》れ毛もあった
少女は森の近くに住んでいて、ぱっとしない古着を身に着けていた
でも目はとてもきれいで、私は感動した
「あなたのきょうだいは何人？」と聞くと

「何人て？　皆で七人よ」

と答えて、不思議そうに私を見た
「きょうだいはどこにいるの？　教えてくれる」

「私たちは皆で七人。二人はコンウェイにいて、二人は海に行ったの」

少女は続けて言う、「二人は教会のお墓にいて、それは姉さんと兄さんです。私は墓地のそばの小屋にお母さんと一緒に住んでいます」

「二人はコンウェイにいて、二人は海に行ったと言いましたが、それでも七人とはどういうわけ？」

少女は答えた、「私たちは皆で七人、二人は教会の木の下で横になって寝ているんです」

「あなたの手足は元気に動いている。二人がお墓にいるのなら、今元気なのは五人でしょう？」

少女は答えた、「お墓はあのように苔が生えて緑色です。私の家の戸口から二十歩《ぽ》のところ、そこに二人は眠っているんです」

少女は続けた、「私は時々、お墓に行きます。そこで靴下を編んだり、ハンカチの縁縫《ふちぬ》いをするんです。そして、お墓の前の地面に坐って歌をうたうんです」

「太陽が沈むと、空がきれいに澄み渡ります。すると私は小さな入れ物に食べ物を入れてお墓に行き、そこで夕食をたべるんです」

「ジェーン姉さんはベッドでうめきながら死んだんです。でも神さまが苦痛を取り除いて下さったから、姉さんは安らかにあの世へ行ったんです」

「姉さんはお墓で横にされて寝かされました。私はジョン兄さんとお墓に行き、姉さんのお墓の前でお参りの礼をしました」

「冬にはお墓の土が雪で白くなります。ジョン兄さんも亡くなり、姉さんのそばで眠っています。私はそこでお祈りをし、その後、走ったり橇で滑ったりしました」

私は少女に言った、「天国に二人がいて、あなたのきょうだいは何人なの?」

少女はすぐに答えた、「私たちは皆で七人です」

「ジェーンさんとジョンさんは亡くなったんでしょう。その人たちの御霊《みたま》は天国に行ったんでしょう」

私の言った言葉は無駄なセリフだった
なぜなら、少女は強く首を振って言った、

「いいえ、私たちは皆で七人なんです」

10　蝶よ

三十分もじっと見ていた
黄色い花にとまったお前は
小さな蝶だ
お前は眠れるのかい？
食べ物を食べれるのかい？
じっとしているお前は
氷の海よりも静かだ
木の間にとまったお前
そよ風はお前を誘い出そうとする
その時　お前はどんな喜びを感じるのだろうか。

果樹園のこの場所は私たちのものだ
木は私のものであり、花は妹のものだ
お前の飛ぶ羽が疲れたら、ここへ来てやすむがよい

隠れ家だと思って充分に休みなさい
何度も来ていいよ、びくびくする必要はない
私たちの近くへ来て　木の枝にとまりなさい
太陽の輝き具合や　歌のあれこれについて話し合おう
お前が元気だったころの夏の日のことについて、話し合おう
一日が二十日のように長くて楽しかった日のことについて、話し合おう。

11　ヒバリに

お前は不思議な音楽家で　空を旅するひとだ
病気や悩みがいっぱいの　この地球を
お前はさげすむか　それとも　空高く舞い上がり
心と眼は
湿った地面の棲み処《すか》に　じっと留《とど》まっているのか
羽ばたく翼を閉じて　歌うのもやめて

お前は空から降りてきて
棲み処にとどまる

こんもりとした森は
夜のウグイスに任せたらどうだろうか
光り輝く大空は　お前の仕事場だ
お前は美しい歌声で
この地球を喜びでいっぱいにする

空を旅する仕事も大事だが
地面の仕事も忘れるな
お前は空高く舞い上がり
そして、地面をじっと見つめている

12　蝶を追う駒鳥

人が最も愛し、敬う鳥は駒鳥だ
胸が赤茶色で、家の戸口によくやって来る
秋風がざわざわ吹く頃、よくやって来る
ノルウェーのお百姓さんはお前をピーターと呼び
フィンランドやロシアではお前をトーマスと呼ぶ
そのほか、お前がいる国や地方では
いろんな名前でお前をもてはやす。

天国の父アダムが下界にいるお前の様子を見たら
何と言うだろうか
美しい蝶が友だちを見つけようとして飛んでやって来る
だが、蝶を追いかけるお前に出会うと、羽を曲げて引き返す
そして、木の枝の下や自分の周りだけを飛び回り、どこかへ行ってしまう
このようなことはお前、駒鳥にもできることだ

駒鳥よ、お前が苦しんだこと、お前が追いかけたこと
お前が美しいものを作り出したこと
それは自然という神がお前に施した親切なのだろうか

夏空の下、蝶が花から花へと飛び回るのは
蝶の全ての願い事だ
そして、私たち人間の屋内での悲しみを
和らげ元気づけるのはお前、駒鳥だ
駒鳥よ、お前は私たちの喜びの友だ

お前は暖かい空気の中での遊び友だちである蝶を
追いかけて大きく飛び回る
その時の紅色の翼は実に美しい

お前の巣には幸せが満ちる

駒鳥よ、人はお前を最も愛する
そして、蝶を愛し、蝶を自由にしておきたまえ。

13　わたしの妹に

三月初めの穏やかな日
以前より少し暖かくなり
私の家の入り口にある高い松の木のてっぺんから
駒鳥の鳴く声が聞こえた

空には喜びがあふれ
葉のない木々や雪のない山に
また、緑の野原の草々に
喜びがあふれている

私の妹よ
朝の食事が済んだ今
朝の仕事はやめて
春の陽の光をいっぱい浴びたらどうだろうか

友だちのトミー君を誘って
散歩に行く準備をしたらどうだろうか
本を持っていくのはやめなさい
今日一日のんびりと過ごしなさい

私たちの予定を
いつものように形式どおりに行うのは
面白くないだろう
今日からは新しい年の出発だ
今こそ心を自由に解き放す時だ

人類の長い歴史は苦労に満ちていた
今のこのわずかな時間は
その苦労を吹き飛ばす、有り難い時間だ

だから私たちは
この春の大切な時間に見る風景を
しっかりと見つめ
新鮮な空気を御腹一杯《おなかいっぱい》に吸いこもう

これから長く守ろうとする
無言の規則を自分で作り
今日から自分の心を
しっかり支えていこう

私の妹よ
さあ、散歩に出かけよう

支度はできたかい？
本は持たなくていいよ
今日一日、太陽の光をいっぱい浴びて
のんびりと過ごそう。

14　眠りに

羊の群れがゆっくりと通り過ぎる
それから雨の音と蜂の音がする
川はさらさらと流れ
突然、風の音がして海の浪の音がする
滑らかな草原は水に浮ぶ大きな白い紙
目を閉じて、頭に浮かぶ風景だ

眠れない！

小鳥たちが歌い出す
果樹園の木々から朝を告げる最初の声がする
郭公の憂鬱な声も耳に入る

昨日の夜もそうだったが
その前の夜も私は眠れなかった

眠りを誘う神に反逆しない
それなのに私は眠れない
神よ、私をだらだらさせるな
早く眠らせよ
眠りがないと朝の宝は得られない
今夜こそ静かに眠ろう

新鮮な考え、喜ばしい健康
それらを伴って、早くやって来い

眠りの神よ！

15　仔ひつじと少女

露は地に落ち、星は空に瞬《また》く
野原はうっすらと暮れかかる
仔ひつじが　さ迷《まよ》い歩いていた
それを見たひとりの少女が
「さあ、飲むのよ」と
ミルクを差し出した。

白い雪の山に少女と仔ひつじがいた
垣根の向うに私はそれを見た
少女は仔ひつじの柔らかい毛をじっと見つめていた。

仔ひつじは堅い紐で石につながれていた
少女は傍に行ってしゃがみ込み、ひつじに夕食を与えた。

仔ひつじは尾をふりながら、少女の手から草をどんどん食べた
「水が欲しいの？」少女は優しく声をかけ、
ひつじの顔をじっと見つめた。

少女は村の人からハルちゃんと呼ばれ、村のかわい子ちゃんだ
ハルちゃんはミルク入りの容器《カン》を手に、急に駆け出した
家に用事があるのを想い出したのだ
少女は時々振り返って、仔ひつじの方を見た。

私は木の蔭にいて、少女と仔ひつじを見ていた
少女は仔ひつじにいつも丁寧に話しかけた。

「あなた、何が苦しくて、そんなに強く紐を引っ張るの？　苦しいの？」

「食べ物が足りないの？　草が足りないの？」

「あなたの今いる所はとても良い所よ。そこで休んで寝てみたら？」

「寝たくないのなら、あなた何が欲しいの？」


「あなた、何が欲しいの？　何が足らないの？」

「あなた、脚《あし》は大丈夫よ。毛もきれいだわ」

「草はすばらしい、そして、美しい花を咲かすわ」

「麦の葉はね、風が吹くと海の波のように揺らいで、一日中あなたに向かって口笛を吹くのよ」


「朝日が照り出して暑くなったら、ブナの木の蔭に行って暑さを避けなさい。そうすると暑さにやられず救われるわ」

「もし雨や嵐がやって来たらどうするって……雨や嵐がやって来たらブナの木の下で横になっていれば大丈夫」


「あなた、そのブナの木の下で横になりなさい」

「あなたはもう忘れたかもしれないけれど、あたしのお父さんがあなたを家に連れて来た時のこと、あなたは仲間からはぐれてひとり、お母さんのあとを探していて山で迷ったのよ」

「『かわいそうになあ』とあたしのお父さんはあなたを抱いて家へ帰って来たのよ。あなたはラッキーだと思わない？　あなたの親切な子守りさんは誰だかわかるかしら」

「あなたは何を求めて野原に行くの？　そんなあなたを探しに行って野原で迷ってしまうこのあたしこそ、あなたの実のお母さんの優しさに劣らないわ」

「一日に二回、あたしはこの桶に露《つゆ》したたるきれいな水を、岩根を伝って汲みに行った。露で地面の土が水っぽくなる時、あたしは一日に二回、ミルクをあなたの所に運んだ」

「あなたが今より二倍ぐらいに大きくなったら、馬につける軛《くびき》をあなたに付け、小さな荷車を引かせて、私と楽しく遊びましょう」

「冷たい風が吹く冬になったら暖炉のそばにあなたの席を設け、家の中にあなたの部屋を作りましょう」

「『ここに居られない。外に行きたい』あなたはやはり、野原にいるお母さんの子だから野原に出たくなるのね」

「ところで、あなたにとって非常に大切なものがあるの。また、あなたの夢にも現れたことがないものよ。何だかわかる？」

「緑の若葉がいっぱいの山の頂上よね。そこでは思いっきり強い風が吹き、雲がどんどん動いていく。風は荒れ狂って山の土砂をどんどん流し続け、雀はびっくりして激しい鳴き声を立てる。ちょろちょろと流れていた谷川はライオンのように怒り狂って石を転がし、山から外に出ようとする。」

「そんなところが以前、あなたの住んでいたところ。空に鷲《わし》が飛んでいないから、安心して草の上で寝られる」

「ところで、あなたは今どうしたの？　紐をぶらぶらさせて、なぜもがいてるの？　早く寝なさい。明日になったら、あたし、また、ここへやって来るわ」

そう言って少女は仔ひつじと別れて家へ帰った。

少女が思い出深く家へ帰る時、私も家へ帰ろうとした
少女は歌をうたいながら家へ帰った
私も少女の後からうたいながら帰った
出来上がった歌は、ハルさんと私との合作だ
でも、この歌はやはりハルさんのものだ
ハルさんのあの顔、あの声が私の心に深く沁《し》みわたった
あの少女は人でなかった
天使そのものだった。

16　海辺にて

後悔は抑え切れず、どうしても出現する
あいまいな望みは押し寄せ、うんざりする
計画が成功しないと、心を食べ散らかす

そのような容赦のない厳しさは
海の上で働く船員に迫る。

船の上では変わりやすい天気、
星の動きをつかみ
長くて憂鬱な戦いをする
それは実に悲しいことだ。

船の上から外国の海岸を見ると
古い家々のなじみ深い戸口
子どもの頃、手を温めた暖炉
昔からずっと眺めてきた美しい花々
婚約者がやって来るにぎやかな庭
それらをすべて想い出す。

蒼い波を蹴って船はどんどん進む

夢の中で様々なことを想い出す
知識、恐怖、変化……
そして、完全な喜びが眠りを誘う。

船は大自然と大きな争いを行って進む
又、危険な生活から逃れて喜びを味わう
敵が厳しく迫り、相手を細かく探し求めるのと同様
船は勇敢に戦う
船長と船員は勝利の光栄を喜ぶ。

今、私のいる所に月の光が差し込む
海は波を立てず、無言である
勇敢な船長と船員は
財宝と権力、名誉、長い休息などの影を追いながら
疲れはてる
そのような良くなかったことを悔い改め

今は平和と安寧に向かっている
名誉など、何と空しいことだろう
それを知った船長と船員は
いずれ、賢人の仲間となるだろう。

17　じわじわと夕方が

じわじわと夕方がやって来る
夕方の静けさは香《かぐわ》しい空気だが、日中の暖かい空気の無くなるのが惜しい
日中の暖かい空気は、夕方の露で湿りっぽくなる
ところで、星を見よ！
そこには何もないとあなたは言うだろう
もう一度見よ！　星を一つずつ
すると、それらは銀色の光を放ち、きらきらと輝く
そして、それらがどうして上手に消えるのか

不思議に思う。

日中、鳥たちは巣の中で遅くまで
わいわい、がやがや音を立てている
夜、鳥たちが木の陰に隠れると
花のように静かだ
村の教会の鐘が、季節と時間を間違えず
今、九つ鳴った
それは暖炉のそばにいた百姓たちに
何のことかと不安にさせた。

羊飼いは朝日が昇るのと同時に起き
陽が沈む少し前に家の戸を閉める
そして今、ベッドのそばで感謝の祈りを捧げている
子どもたちが眠るのと同時に、親もベッドに入る。

蝙蝠《こうもり》が家の前の木々に現れた
アーケイド（＊丸屋根付きの街路）に沿って、すいすいと飛び回る
せっかちな夜鷹《よたか》は独特の鳴き声で白い蛾《が》を追いかける
そして、蝙蝠と夜鷹は、熱心な勤め人と怠け者の両方に
声をかけて喜ばす。

小川の水の流れる音を、私は今聞いた
水の流れる音は柔和な音楽だ
馬の蹄《ひづめ》の音、車輪の音
それらはもう遠くへ行ってしまったので
今は聞えない
私の家の近くの川に、一《いっ》そうの小舟があった
それは櫂《かい》の音を響かせ、間もなく岸に着くだろう。
ところで今、最も不注意者の出した音が聞こえた
いったい何だろう?

死に近い病人が、妙な姿で身投げした
辺《あた》りは深い沈黙に入った
そのような静かな時、一人の船頭が
自分の小さな舟に乗って、川に出た
船頭は櫂で、ゆっくり水を切る
舟は黙ったままで、病人を水に誘った
船頭と舟は何も考えず、岸に近づく。

第十六章　夏目漱石の研究文献精選目録

凡例及び編者竹長吉正の緒言

一．文献の配列は、①筆者②題名③発表誌（『』で表記）・発行所③刊行年月の順とした。

一．発表・発行の古い順から新しい順に並べた。

一．「A　単行本」「B　単行本に一部所収の論考」「C　漱石特集の雑誌」「D　雑誌（漱石特集以外の雑誌）所収の論考」「E　月報（単行本の附録）」「F　翻訳書及び外国で出版された本」の六部門に分類した。

一．貴重な文献及び、内容のわかりにくい文献については、注釈を付した。

一．夏目漱石の研究参考文献は、私見によれば一九七〇年前後から急激に増加したと判断する。

一．文献の集録に際して、編者の論考・著書に関係あるものを優先してリストアップした。

一．この目録は一九〇七年から二〇〇七年までのものとし、この期間以外のものは収録していない。

A　単行本

高浜虚子　漱石氏と私　アルス社　一九一八年一月
寺田寅彦、小宮豊隆、松根東洋城　漱石俳句研究　岩波書店　一九二五年七月
鈴木敏也　漱石研究　草枕評釈　目黒書店　一九二七年五月二十日
西谷勢之介　俳人漱石論　厚生閣書店　一九三一年五月
（西谷の号は碧落居という。俳句に詳しい人。）
（同前）　一茶の再吟味　交蘭社　一九三一年十一月
前田利鎌　宗教的人間　岩波書店　一九三二年一月
船橋聖一　明治文学新講　三省堂　一九三三年六月
（「夏目漱石略伝」「『草枕』の註解・大意・余説（批評解説）」）
景浦稚桃　松山に於ける子規と漱石　伊予名著刊行会　一九三四年四月
小宮豊隆　漱石襍記　小山書店　一九三五年五月
小宮豊隆　夏目漱石　岩波書店　一九三八年七月
山岸外史　夏目漱石　弘文堂書房　一九四〇年十二月
内田百閒　漱石山房の記　秩父書房　一九四一年二月
森田草平　夏目漱石　甲鳥書林　一九四二年九月
松岡譲　漱石――人とその文学　潮文閣　一九四二年六月
（「第一部　漱石の生涯」「第二部　漱石の文学」「附録　漱石略年譜」）
小宮豊隆　漱石の芸術　岩波書店　一九四二年十二月
（岩波版漱石全集の各巻の解説を収録。）

森田草平　　続夏目漱石　　甲鳥書林　　一九四三年十一月
滝沢克己　　夏目漱石　　三笠書房　　一九四三年十一月
赤門文学会編　　夏目漱石　　高山書院　　一九四四年六月
（赤門文学会の代表は平田次三郎。平田次三郎「漱石の倫理観」、佐伯彰一「青春の文学」、小泉一郎「漱石の影響」など収録。）
栗原信一　　漱石の文芸理論　　日本出版　　一九四四年十一月
（栗原の理論的立脚地は一九四四年七月、帝国図書創立事務所刊・日本出版配給の『明治開化史論』に基づく。）
松岡譲　　漱石の漢詩　　十字屋書店　　一九四六年九月
（語釈、解説、書き下し文有り、全訳無し。）
栗原信一　　漱石の人生観と芸術観　　日本出版　　一九四七年四月
（漱石は明治時代の子であり、明治の文化と共に成長・深化したのだと説く。明治人として生きる上で悪戦苦闘した漱石が、創作家としての終点において到達したのが「則天去私」の思想だと説く。）
金子健二　　人間漱石　　いちろ社　　一九四八年十一月
（東大英文科で学んだ学生時代の思い出を記した随筆集。「髭とカフスとハンケチ」「『文学論』と私の最後の学年」など。）
岡崎義恵　　鷗外と漱石　　要書房　　一九五一年四月
唐木順三　　夏目漱石　　修道社　　一九五六年七月
（のち、創文社より改訂新版、一九六六年八月刊行。）
伊藤整編　　夏目漱石　　角川書店＊近代文学鑑賞講座第5巻　　一九五八年八月

江藤淳　　夏目漱石　増補版　　勁草書房　　一九六五年六月
（「第一部　漱石の位置について」「第二部　晩年の漱石」「追補　漱石像をめぐって、明治の一知識人」）
林四郎　　漱石の読みかた　　至誠堂＊新書23　　一九六五年十一月
夏目鏡子述・松岡譲筆録　　漱石の思い出　　角川書店＊文庫　　一九六六年三月
（のち、文芸春秋の文春文庫として一九九四年七月刊行。）
高木文雄　　漱石の道程　　審美社　　一九六六年十二月
吉川幸次郎　　漱石詩注　　岩波書店　　一九六七年五月
（岩波新書。語注釈、書き下し文有り、漢詩の全訳は無い。）
松岡譲　　ああ漱石山房　　朝日新聞社　　一九六七年五月三十日
（「漱石のあとを訪ねて」「則天去私のこと」「山房に拾う」「明暗の原稿」他）
森田草平　　夏目漱石　　筑摩書房　　一九六七年八月
（筑摩叢書。甲鳥書林版『夏目漱石』の抜粋。「先生の思い出」「漱石研究」の全二部構成）
古川久　　夏目漱石——仏教・漢文学との関連　　霊友会教団事業局　　一九六八年七月
江藤淳　　漱石とその時代　第一部　新潮社＊選書　　一九七〇年八月二十日
（「1．慶応三年」から「23．草枕の旅」まで）
（同前）　　漱石とその時代　第二部　　新潮社＊選書　　一九七〇年八月三十一日
（「1．事件（五高時代、鏡子の投身事件）」から「21．作家漱石の誕生（猫がホトトギスに）」まで）
（同前）　　漱石とその時代　第三部　　新潮社＊選書　　一九九三年十月二十三日

（「1．名前のない猫」から「24．朝日新聞社入社始末」まで）
古川久　漱石の書簡　東京堂　一九七〇年十一月
越智治雄　漱石私論　角川書店　一九七一年六月
竹長吉正　夏目漱石の俳句に関する研究　私家版（自費出版）　一九七一年十一月
大岡昇平　作家と作品の間　第三文明社　一九七三年十一月
（講演記録「漱石と国家意識」は「趣味の遺伝」を取り上げ、戦争に対する漱石の考えを洞察している。）
小坂晋　漱石の愛と文学　講談社　一九七四年三月
高校教科書編集部　夏目漱石（＊現代国語研究シリーズ4）　尚学図書　一九七四年五月
荒正人　漱石研究年表＊漱石文学全集別巻　集英社　一九七四年十月
高校教科書編集部　夏目漱石（二）（＊現代国語研究シリーズ5）　尚学図書　一九七五年五月
江藤淳　漱石とアーサー王伝説――『薤露行』の比較文学的研究　東京大学出版会　一九七五年九月（嫂登世に対する漱石の思いを推測。）
岩波書店編集部　漱石全集月報　岩波書店　一九七六年四月
（岩波書店の漱石全集昭和三年版＝一九二八年と昭和十年版＝一九三五年の月報を再収録。）
大岡昇平　文学における虚と実　講談社　一九七六年六月
（江藤淳の、嫂登世と漱石との関係に対する推理を否定。漱石作品では「坊っちゃん」「猫」が代表作と主張。）
高校教科書編集部　夏目漱石（＊作家・作品シリーズ3）　東京書籍　一九七八年四月

相原和邦　漱石文学　塙書房　一九八〇年七月
角野喜六　漱石のロンドン　荒竹出版　一九八二年五月
大村喜吉　漱石と英語　本の友社　二〇〇〇年十二月
飛ヶ谷美穂子　漱石の源泉——創造への階梯　慶応義塾大学出版会　二〇〇二年十月

B　単行本に一部所収の論考

吉村冬彦　埋もれた漱石伝記資料（小山書店『橡の実』一九三六年三月）
滝沢克己　漱石の「草枕」と科学的精神（三笠書房『現代日本哲学』一九四〇年十一月）
岩城準太郎　小説草枕に見える自然（修文館『国文学群像』一九四一年十一月）
（初出は『文学』一九三五年八月）
武者小路実篤　影響を受けた人々（筑摩書房『わが師わが友』）　一九四二年一月
小宮豊隆　先生のこと（筑摩書房『わが師わが友』）　一九四二年一月
塩田良平　①草枕、②漱石の道義観（青梧堂『往日抄』一九四二年二月）
（①「草枕」の初出題は「草枕の一節」で『国語解釈』一九三七年二月。②「漱石の道義観」は発表誌不詳）
阿部次郎　①『それから』を読む、②夏目先生のこと（羽田書店『阿部次郎選集第一巻　朝空』一九四八年六月）
石山徹郎　①漱石の作中に現はれた自己肯定者の生活、②則天去私の来歴、③初めて聴いた漱石の講演（伊藤書店『日本芸文史論』一九四八年十月）

（①の初出は『国文国史』一九三八年二月、②の初出は『日本文芸』一九四二年一月、③の初出は『女専』一九三八年三月）

辰野　隆　漱石の印象　ほか（鬼怒書房『忘れ得ぬ人々』一九四七年四月）

（弘文堂『忘れ得ぬ人々』の再刊。「夏目漱石」の章題のもと、「漱石の印象」「『明暗』の漱石」「『坊っちゃん』管見」「『彼岸過迄』寸観」のエッセイを収録。）

長谷川　泉　鷗外と漱石の小説（日本文学協会編・東京大学出版会刊『日本文学講座Ⅴ　日本の小説　Ⅱ』一九五五年二月）

野上彌生子　①夏目先生の思い出、②夏目夫人のこと、③木曜会のこと（新潮社『一隅の記』一九六八年八月）

C　漱石特集の雑誌

海外に於ける漱石研究　岩波書店『文学』一九三六年十二月

夏目漱石読本　河出書房『文芸』臨時増刊号　一九五四年六月

夏目漱石の総合探究　学燈社『国文学　解釈と教材の研究』一九五六年十二月

漱石文学の魅力　学燈社『国文学　解釈と教材の研究』一九六五年八月

漱石特集号　岩波書店『図書』一九六五年十二月

漱石文学の人間像　学燈社『国文学　解釈と教材の研究』一九六八年二月

漱石と明治　至文堂『国文学　解釈と鑑賞』一九六八年十一月

新しい漱石像　至文堂『国文学　解釈と鑑賞』一九七〇年九月

夏目漱石　大修館書店『国文学　言語と文芸』75号　一九七一年三月
夏目漱石の手帖　学燈社『国文学　解釈と教材の研究』　一九七一年九月
現代に問いかける漱石　筑摩書房『国語通信』140号　一九七一年十月
鷗外と漱石　至文堂『国語と国文学』　一九七二年四月
明治四十年以前の漱石　未来社『日本文学』　一九七二年六月
漱石文学の原点　学燈社『国文学　解釈と教材の研究』　一九七三年四月
夏目漱石　筑摩書房『国語通信』185号　一九七六年四月
漱石・鷗外とその時代　雄山閣『歴史公論』　一九八〇年四月
夏目漱石――表現としての漱石　至文堂『国文学　解釈と鑑賞』　一九八一年六月
夏目漱石事典　学燈社『国文学　解釈と教材の研究』（別冊国文学No.39）　一九九〇年七月
夏目漱石の全小説を読む　学燈社『国文学　解釈と教材の研究』　一九九四年一月臨時増刊号
夏目漱石研究のために　至文堂『国文学　解釈と鑑賞』　一九九五年四月
漱石がわかる　朝日新聞社 AERA Mook（アエラ・ムック）　一九九八年九月
特集　夏目漱石と明治日本　『文芸春秋　特別版』臨時増刊号　二〇〇四年十二月

D　雑誌（漱石特集以外の雑誌）所収の論考

島村抱月　今の写生文　『文章世界』　一九〇七年三月
三宅克己　余が踏める写生の段階　『文章世界』（同前）
柳田国男　写生と論文　『文章世界』（同前）

長谷川天渓　写生文の妙趣　『文章世界』（同前）
柳川春葉　写生文と小説との接近　『文章世界』（同前）
島崎藤村　写生雑感　『文章世界』（同前）
黒田清輝　写生の方法とその価値　『文章世界』（同前）
岩城準太郎　明治文学概説　『月刊日本文学』　一九三二年四月
安部能成　『夏目漱石』を読む　『思想』　一九三八年九月
（小宮豊隆の著書『夏目漱石』に言及。）
日夏耿之介　漱石余裕俳諧　『俳句研究』　一九三九年四月
本多顕彰　漱石山脈　『新潮』　一九四六年五月
武者小路実篤　夏目漱石の思ひ出　鎌倉文庫『文芸往来』　一九四九年三月
高山　毅　夏目漱石論――『道草』を中心に　『文学者』22号　一九五二年四月
吉田孝次郎　教科書と『三四郎』　『日本文学』　一九五三年三月
坂本　浩　漱石・鷗外の位置　『日本文学』　一九五四年四月
永平和雄　漱石おぼえがき　『日本文学』（同前）
荒木　修　漱石と魯迅　『日本文学』（同前）
川副国基　〈研究手引〉夏目漱石　『日本文学』　一九五四年十月
長谷川　泉　三四郎（夏目漱石）――現代文の鑑賞・その十八　『国文学　解釈と鑑賞』
一九五四年十一月
清水　茂　二葉亭・漱石・鷗外（上・中・下）　『日本文学』　一九五七年三月〜五月
熊坂敦子　『三四郎』の三四郎と美禰子　『国文学　解釈と教材の研究』　一九五九年四月

井上百合子　夏目漱石の文体　『国文学　解釈と教材の研究』　一九五九年十月
嶋田　厚　漱石の思想　『文学』　一九六〇年十一月
嶋田　厚　（続）漱石の思想　『文学』　一九六一年二月
玉井敬之　「私の個人主義」前後――『こゝろ』から『道草』へ　『文学』一九六一年十一月
小高敏郎　夏目漱石と中国文学　『国文学　解釈と教材の研究』　一九六二年六月
小林一郎　夏目漱石の書簡研究　『国語と国文学』　一九六四年七月
（明治三十六年から明治四十年九月までの書簡を研究。）
南　勝雄　闘争の系譜――夏目漱石論　『反世紀』2号　一九六五年七月
（著者の南は市毛勝雄であり、のち高名な国語教育者となる。）
高橋和巳　夏目漱石と近代文学の確立　『中央公論』　一九六五年十月
鹿野政直　夏目漱石における地方社会と西欧社会　吉川弘文館『日本歴史』232号　一九六七年九月
内田道雄　漱石の作品――『四篇』を中心に　有精堂『古典と近代文学』創刊号　一九六七年十月
（『永日小品』『夢十夜』『文鳥』『満韓ところどころ』の四篇を検討。）
橋本芳一郎　夏目漱石と比喩法　『東京学芸大学紀要』第19集　一九六八年（刊行月未詳）
鍵山　翠　「草枕」小論――二つの峠　大東文化大学日本文学会『日本文学研究』7号
一九六八年二月
三浦泰生　教材という観点からみた『こゝろ』　『日本文学』　一九六八年五月
井上百合子　漱石と自然主義　『国文学　解釈と鑑賞』　一九六八年九月
吉田六郎　漱石文学の性格　角川書店『国語科通信』第11号　一九六八年十二月
重松泰雄　三四郎の覚醒――諸説に触れつつ　『国語科通信』（同前）

水谷昭夫　漱石文芸における修善寺大患の意義　『国語科通信』（同前）
越智治雄　硝子戸の内と外　『国語科通信』（同前）
伊豆利彦　「行人」論の前提　『日本文学』　一九六九年三月
飯田龍太　漱石秀句　『俳句』　一九七〇年三月
（秀句として50句を選び、20句を佳句として鑑賞文を記す。）
山田輝彦　「草枕」ノート——その創作動機を中心として　『日本文学』　一九七〇年五月
宮沢正順　漱石文学に投影せる淵明の作品　尚学図書『国語展望』　一九七〇年十一月
（漱石文学と陶淵明との関係を論じる。）
小沢勝美　漱石における個人と国家（上）（下）『日本文学』　一九七〇年十一月、一九七一年四月
樋野憲子　『行人』論——則天去私の視点から　『国文目白』10号　一九七一年三月
大石修平　漱石における夢と追想　『日本文学』　一九七一年四月
宮崎利秀　〝坊っちゃん〟と「清の墓」の寺　俳句雑誌『あざみ』　一九七一年八月
西垣　勤　『こゝろ』覚え書　『日本文学』　一九七一年九月
駒尺喜美　夏目漱石と西田幾多郎　『日本文学』　一九七一年十月
竹盛天雄　坊っちゃんの受難　『文学』　一九七一年十二月
飛鳥井雅道　漱石の位置　『日本文学』　一九七二年二月
佐藤　勝　「草枕」論　『国語と国文学』　一九七二年四月
佐藤泰正　夏目漱石『こゝろ』（1）～（4）　『国文学　解釈と鑑賞』　一九七二年四月～七月（文学研究から現代国語教育へのアプローチを目指す。）
佐藤泰正　夏目漱石　二つの自然　『国文学　解釈と教材の研究』　一九七二年六月

宮井一郎　夏目漱石の恋（上）・（下）　『文学』　一九七二年七月、八月
和田謹吾　日露戦後の状況と文学　『国文学　解釈と鑑賞』　一九七二年八月
米田利昭　漱石の満韓旅行　『文学』　一九七二年九月
重松泰雄　夏目漱石――起点としての「それから」を中心に　『日本近代文学』17集　一九七二年十月
小谷野純一　『坊っちゃん』解析（一）、（二）　『解釈』　一九七二年十月、十二月
畑　有三　漱石論の主体と方法　『日本文学』　一九七二年十二月
平川祐弘　クレイグ先生と藤野先生――漱石と魯迅、その外国体験の明暗　『新潮』　一九七三年二月
越智治雄　倫敦塔再訪　『文学』　一九七三年四月
深江　浩　『三四郎』論　『日本文学』　一九七三年五月
佐々木充　漱石『坑夫』試論――坑道と梯子　『日本近代文学』18集　一九七三年五月
中村雄二郎　制度としての「自然」と漱石　『文学』　一九七三年六月
樋野憲子　『道草』論――「自然の論理」について　『文学』　一九七三年七月
熊坂敦子　漱石・鷗外の場合（明治・大正における戦争）　『国文学　解釈と鑑賞』　一九七三年八月
高木文雄　『明暗』の方法に関する一考察――柳の話　女子聖学院『研究紀要』　一九七三年十一月
和田利男　子規の『散策集』と漱石　『図書』　一九七四年三月
（子規と同じ場所を詠んだ漱石の俳句をあげている。）
太田文平　漱石渡英前後と寅彦　『図書』　一九七四年八月

里見　弴　金之助の手紙　筑摩書房『ちくま』　一九七四年九月
（京都の料亭「梅垣」の女将梅垣きぬ宛の手紙を紹介。）
小坂　晋　夏目漱石の悲恋　『中央公論　歴史と人物』　一九七五年九月
相原和邦　「夢十夜」論の構想　『近代文学試論』（広島大学近代文学研究会）第15号
一九七六年十一月
竹長吉正　『菫程な小さき人に生れたし』考――漱石俳句の一考察　東京学芸大学附属高等学
校大泉校舎『研究紀要』第1集　一九七七年三月
谷沢栄一　鷗外・漱石への視角　『国文学　解釈と教材の研究』　一九七七年三月
（大岡昇平の鷗外・漱石論を紹介。）
梅田由美　「趣味の遺伝」試論　日本女子大学『目白近代文学』1号　一九七九年六月
原武　哲　夏目漱石の学習院就職運動――新資料・立花銑三郎あて漱石書簡の紹介　九州大学
国語国文学学会『語文研究』第49号　一九八〇年六月
才神時雄　漱石と少年たち　『図書』　一九八一年十月
久米依子　漱石の坑夫達　『目白近代文学』3号　一九八二年六月
江種満子　『三四郎』論――美禰子を読む　『日本文学』　一九八二年十二月
米田利昭　『三四郎』を読む　『日本文学』　一九八三年十月
飛ヶ谷美穂子　『三四郎』とメレディスのヒロインたち――美禰子の結婚をめぐって　『日本近代文
学』54号　一九九六年五月
竹長吉正　漱石の伝記に関する二つの問題　『埼玉大学紀要教育学部（人文・社会科学）』49巻
1号　二〇〇〇年三月

竹長吉正　後藤新平とその周辺――漱石『満韓ところどころ』の波紋　『埼玉大学紀要教育学部（人文・社会科学）』52巻1号　二〇〇三年三月

亀井俊介　夏目漱石の『文学論』講義　『図書』　二〇〇四年二月

佐藤正午　〈書く読書5〉『こゝろ』　『図書』　二〇〇四年五月

竹長吉正　漱石後期の手紙――磯田多佳宛・四方田美男宛など書簡の特質と漱石の筆跡の特徴　『埼玉大学紀要教育学部（人文・社会科学）』54巻2号　二〇〇五年九月

牧村健一郎　漱石の知られざる手紙　『図書』　二〇〇六年二月
（長塚節宛、明治四十三年六月十一日の手紙を紹介。）

水村美苗　漱石の脳　『図書』　二〇〇七年八月

E　月報（単行本の附録）

松根東洋城　先生と病気と俳句　岩波書店版漱石全集『月報』第四号　一九二八年六月

寺田寅彦、松根東洋城、小宮豊隆　漱石俳句研究　（同前）『月報』第四号

大塚保治　学生時代の夏目君　（同前）『月報』第四号

長谷川如是閑　初めて逢つた漱石氏　岩波書店版漱石全集『月報』第八号　一九二八年十月

夏目鏡子　雛子の死（「雨の降る日」の思ひ出）　（同前）『月報』第八号

中村古峡　「雨の降る日」　（同前）『月報』第八号

松浦一　「文学論」の頃　（同前）『月報』第八号

向坂逸郎　『漱石全集』と私　岩波書店版漱石全集『月報』第十四号　一九六七年二月

小玉晃一　漱石とキリスト教　（同前）『月報』第十四号
稲垣達郎　Xさんへの手紙　つづき　（同前）岩波書店版漱石全集『月報』第十五号
一九六七年三月
平野謙　最近の漱石研究　（同前）『月報』第十五号
猪野謙二　現代における漱石　岩波書店版漱石全集『月報』第十六号　一九六七年四月
古川久　編　漱石略年譜　（同前）『月報』第十六号
無署名　〈資料紹介〉漱石氏閑話　（同前）『月報』第十六号
吉田精一　漱石と鷗外　集英社版漱石全集第一巻『月報』第一号　一九七〇年六月
夏目伸六　身内と他人　（同前）『月報』第一号
林原耕三　私はさめざめと泣いた　（同前）『月報』第一号
三好行雄　注釈雑感　（同前）『月報』第一号
福原麟太郎　留学生　集英社版漱石全集第二巻『月報』第二号　一九七〇年八月
林原耕三　几帳面な先生　（同前）『月報』第二号
井上百合子　「『エイルウィン』の批評」について　（同前）『月報』第二号
倉持三郎　ポー、レィデー・グレー　（同前）『月報』第二号
小田切秀雄　『虞美人草』のおもしろさ　集英社版漱石全集第三巻『月報』第三号　一九七〇
年十月
林原耕三　俳人としての漱石　（同前）『月報』第三号
熊坂敦子　新聞人漱石　（同前）『月報』第三号
岡本靖正　漱石の読み違い　（同前）『月報』第三号

北山正迪　『門』について　集英社版漱石全集第四巻『月報』第四号　一九七一年一月
津田青楓　漱石先生のこと　（同前）『月報』第四号
林原耕三　先生と水仙　（同前）『月報』第四号
石川忠久　漱石の漢詩　（同前）『月報』第四号
荒正人　『門』原稿の移動に関して　（同前）『月報』第四号
林原耕三　説教者（プリーチャー）としての夏目漱石　集英社版漱石全集第五巻『月報』第五号
一九七一年六月
高浜いと　漱石さん　（同前）『月報』第五号
太田明生　漱石と糖尿病　（同前）『月報』第五号
遠藤祐　熊本の漱石・断想　（同前）『月報』第五号
林原耕三　古稀に達した筆子さん　集英社版漱石全集第六巻『月報』第六号　一九七一年
十二月
倉田保雄　漱石の下宿を訪ねて　（同前）『月報』第六号
駒尺喜美　平民夏目金之助　（同前）『月報』第六号
登尾豊　児玉音松の冒険談　（同前）『月報』第六号
林原耕三　漱石文学のポピュラリティー　集英社版漱石全集第七巻『月報』第七号
一九七二年四月
埴谷雄高　『夢十夜』について　（同前）『月報』第七号
高木文雄　水源へ　（同前）『月報』第七号
鎌倉幸光　漱石の北海道移籍の事など　（同前）『月報』第七号

林原耕三　大塚楠緒子夫人のこと　集英社版漱石全集第八巻『月報』第八号　一九七二年八月
山下清　第一高等学校時代の夏目金之助先生　（同前）『月報』第八号
早坂礼吾　硝子戸の中の女　（同前）『月報』第八号
平田次三郎　漱石と病跡学　（同前）『月報』第八号
平野謙　最近の漱石研究　集英社版漱石全集第九巻『月報』第九号　一九七二年十二月
林原耕三　漱石の北海道移籍に就いて　（同前）『月報』第九号
小坂晋　漱石の幻想女性と百合の花　（同前）『月報』第九号
倉田保雄　エリセイエフ教授を訪ねて　（同前）『月報』第九号
杉浦明平　『こゝろ』再読　集英社版漱石全集第十巻『月報』第十号　一九七三年四月
林原耕三　漱石山房跡の記　（同前）『月報』第十号
V．H．ヴィリエルモ　『明暗』におけるお秀の位置　（同前）『月報』第十号
荒正人　「香取屋」の下駄　（同前）『月報』第十号
渡辺春溪　漱石先生のロンドン生活　集英社版漱石全集別巻『月報』　一九七四年十月
荒正人　つけたり　（同前）別巻『月報』
本多顕彰　漱石とディケンズ　角川書店刊『日本近代文学大系　月報』第十八号（大系第二十四巻＝夏目漱石集Ⅰ＊付録）　一九七一年四月
川口朗　苦沙弥先生と教え子　（同前）『月報』第十八号
中村素堂　作家の書跡　夏目漱石　（同前）『月報』第十八号
加賀乙彦　『坊っちゃん』の頃　角川書店刊『日本近代文学大系　月報』第一号（大系第二十五巻＝夏目漱石集Ⅱ＊付録）　一九六九年十月

成瀬正勝　虚子と漱石ならびに鷗外　（同前）『月報』第一号

中村素堂　作家の書跡　夏目漱石　（同前）『月報』第一号

福田善之　漱石と芝居　角川書店刊『日本近代文学大系　月報』第二十八号（大系第二十六巻＝夏目漱石集Ⅲ＊付録）　一九七二年二月

井上百合子　『それから』雑感　（同前）『月報』第二十八号

中村素堂　作家の書跡　夏目漱石　（同前）『月報』第二十八号

新藤兼人　漱石文学の感覚描写　角川書店刊『日本近代文学大系　月報』第五十二号（大系第二十七巻＝夏目漱石集Ⅳ＊付録）　一九七四年二月

小田切進　昭和初期文壇の漱石評価　（同前）『月報』第五十二号

梶木剛　漱石雑片　（同前）『月報』第五十二号

F　翻訳書及び外国で出版された本

・毛利八十太郎英語訳　坊っちゃん（*Botchan*）　東京・金正堂　一九四八年三月

（『坊っちゃん』の英語翻訳としては早い時期のもの。）

・Inger Sigrun Brodey, Sammy I. Tsunematsu *Rediscovering Natsume Soseki with the First English Translation of Travels in Manchuria and Korea*, Global Oriental (Global Books), 2000 England.

（この本は英国の漱石記念館を運営していた恒松郁生が、ブロディ氏と共に漱石の紀行文「満韓ところどころ」を英語に翻訳したもの。詳細な注釈も付いている。なお、恒松はロンドンで一九八四年、漱石記念館を開いたが二〇一六年、閉館した。そして二〇一九年五月、恒松の自宅がある英国南部のサリー州に漱石記念館を再び開いた。）

写真解説

＊写真は全10枚

①『吾輩は猫である』

菊判で全三冊（上巻・中巻・下巻）を刊行した『吾輩ハ猫デアル』（＊一般的な表記は『吾輩は猫である』）は大倉書店（東京市日本橋区通二丁目十九番地）の発行。それが後（明治の末期、明治四十四年七月）に大倉書店が寸珍本（＊縮刷版）の初版を刊行した。写真の左は大正七年（一九一八）五月刊行の第四十三版。写真の右は大正十二年（一九二三）五月刊行の第八十七版。第四十三版は一円三十銭であり、第八十七版は二円。いずれも全七五二ページである。

この寸珍本は二冊とも同じ内容である。但し、巻末の広告内容は異なっている。

寸珍本『吾輩ハ猫デアル』はいずれも小さい活字で印刷してあるが、冒頭には大きな活字で全三冊それぞれに漱石の書いた序文がすべて掲載されている。挿絵は最終の七五二ページに猫がコップの水を飲もうとしている姿が描かれている、これ一つである。

表紙の絵は草花の中へ飛びこもうとしている猫の姿であり、長い尻尾のつり上がった姿が印象的である。

『吾輩ハ猫デアル』の終りは次のようになっている。

次第に楽になってくる。苦しいのだか有難《ありがた》いのだか見当がつかない。水の中に居るのだか、座敷の上に居るのだか、判然しない。どこにどうしていても差支えはない。只楽である。否《いな》、楽そのものすらも感じえない。日月を切り落とし、天地を粉砕して不可思議の太平に入る。吾輩は死ぬ。死んでこ

の太平を得る。太平は死ななければ得られぬ。南無阿弥陀仏南無阿弥陀仏有難い有難い。（＊旧仮名遣いを現代仮名遣いに改めた）

これが『吾輩ハ猫デアル』の最終である。如何に名言であることか！

②『草枕』『満韓ところどころ』

『艸枕』（＊一般的な表記は『草枕』）の縮刷版は一九一四年（大正三）十二月、春陽堂（東京市日本橋区通四丁目五番地）から発行された。写真に示したのは一九二〇年（大正九）五月刊行の四十三版。値段は七十三銭。本書の前言にはこう記されている。「本書を合本たる『鶉籠《うずらかご》』より分冊としてここに発行するのは、読者諸君の希望に応ずるためで、本堂（＊春陽堂のこと）が著者漱石先生にその許諾を乞《こ》ひたるも、一《いっ》に本書を読まむとする人々の、便宜を図ったに外《ほか》ならないのである。　大正三年十二月　春陽堂」

全二二三ページであり、『草枕』すべてを掲載している。本書の冒頭には背の高い貴婦人の姿が描かれている。首を横にかしげているのは、どういう意味か分からない。

『満韓ところどころ』の縮刷版は一九一五年（大正四）八月、春陽堂（東京市日本橋区通四丁目五番地）から発行された。写真に示したのは一九二四年（大正十三）三月刊行の七十五版。値段は六十六銭。全一八六ページであり、『満韓ところどころ』すべてを掲載している。本書の冒頭には大きな木の姿と、その背後に七軒ほどの家と二人の人間の小さな姿が描かれている。

作品の始まりはこうである。「南満鉄道会社って一体何をするんだいと真面目に聞いたら、満鉄の総裁も少し呆れた顔をして、御前もよっぽど馬鹿だなあと云った。是公《ぜこう》から馬鹿と云われたって怖《こわ》くも何ともないから黙っていた。すると是公が笑いながら、どうだ今度一緒に連れてってやろうかと云い出した。」（＊

表記は現代仮名遣いに改めた）　この書き出しはとても面白い。続きをすぐに読みたくなる。

③

『文学評論』『道草』

写真の『文学評論』は『文学評論』（春陽堂　一九〇九年三月）の縮刷版。一九一五年（大正四）五月、縮刷版の初版が出た。そして、写真の『文学評論』は縮刷版の十四版であり、一九二〇年（大正九）五月の発行。全七四五ページであり、定価は二円五十銭。縮刷版としてはとても分厚くて、他の縮刷本の三倍か、四倍もある。

中身はまず、漱石の「序」から始まる。漱石は東京帝国大学で講義をした英文学のノートを長い間、放置してあった。それから、春陽堂の催促を受け、漱石はノートの加筆訂正を行った。一ヶ月ほど、この仕事にかかりきりだったという。半分ほどは書き直したが、それでも意に満たない所はまだまだあるとのこと。また、大学を辞職したため、英文学史記述の中途で終るしかなかった。しかし、この英文学評論は「諸家を論ずるのでなくて、これらの諸家を通じて、余の文学上の卑見を述べるつもりなのだから」このまま出版することにしたと漱石は述べている。なお、この講義録を公にするについては森田草平、滝田樗陰の補助を受けたと記している。この漱石の「序」（明治四十二年二月に記したもの）は縮刷版に転載されている。

『文学評論』の中味は、「第一編　序言」（＊これは前掲の「序」と異なり、十八世紀の英文学史を述べるための序論である。）、「第二編　十八世紀の状況一般」、「第三編　アヂソン及びスチールと常識文学」、「第四編　スウィフトと厭世文学」、「第五編　アレキサンダー・ポープと所謂《いわゆる》人工派の詩」、「第六編　ダニエル・デフォーと小説の組立《くみたて》」。

なお、この本の表紙に著者は漱石と出ているが、奥付には本名の夏目金之助となっている。

『道草』は岩波書店発行の寸珍本（＊縮刷版）。初版は一九一四年（大正三）九月であり、写真のものは一九二二年（大正十一）九月刊行の第三十六版。全四五六ページであり、定価は一円五十銭。岩波書店は大倉書店、春陽堂らと同様にこうした寸珍本を刊行していたのである。ただ、他社と異なるのは箱にしろ、本それ自体にしろ、絵を多く入れていることである。しかも色彩が豊かであり、読者は喜んで手に取るであろう。写真の絵は箱に描かれたものである。

この本の末尾に漱石の著書全八冊の広告が載っているが、それによると寸珍本（＊縮刷版）では『道草』の他に『こゝろ』『明暗』の広告を載せている。

④

『倫敦塔』『*Wordsworth*』

『倫敦塔』の縮刷版は一九一八年（大正七）三月、春陽堂（東京市日本橋区通四丁目五番地）から発行された。写真に示したのは一九一九年（大正八）六月刊行の五版。値段は四十五銭。この本には「倫敦塔」の外《ほか》に「幻影の盾」「薤露行《かいろ》」の二篇が収録されている。全二〇〇ページ。前掲の『草枕』『満韓ところどころ』と同じ様な厚さの本である。

『*Wordsworth*』は洋書である。一九一〇年、Oxford University Press の出版。トマス・ハッチンソン（Thomas Hutchinson）が編集した。正式な書名は *The Poetical Works William Wordsworth with introduction and notes*（『ワーズワスの詩的作品　詩人紹介と注釈付き』）全九八六ページ。

⑤

夏目漱石像

漱石山房の跡が記念公園になった。これはその頃の写真である。場所は東京都新宿区早稲田南町。漱石はこの地にあった借家に一九〇七年（明治四十）九月二十九日から一九一六年（大正五）十二月九日まで住んだ。当時は新宿区とは言わず、牛込区と云った。この借家の家賃は三十五円だった。

漱石が住んだ借家の敷地は三〇〇坪。今から考えるとずいぶん広い敷地だと思うが、当時の一般人には普通これくらいある敷地に家を建てて住んでいたのである。家には七部屋あり、漱石は二部屋使っており、奥さんと子ども六人（合計、家族全八人）いたのでそれほど広いという感じはしなかったらしい。畳を入れない板敷きであり、冬は板の間から風が吹き込んで寒かった。

漱石は坐り机に紙を置いて原稿を書いた。日中、陽のあたる時、硝子戸の中は暖かかった。だが、夜になると、ごうごうと寒い風が吹き付ける。それ故、漱石は晴れの日は縁側に机を持ち出した。そして、頬杖を突いて考えたり、動かずに魂を自由に遊ばせていたりした。

写真は漱石公園の中の漱石像とその周辺の風景である。しかし、今はこの風景は見られない。二〇一七年（平成二十九）東京新宿区が「漱石山房記念館」をこの地に開設した。漱石山房と称した家の一部を再現した部屋、人物紹介の映像、著作関連の本、書簡類、調度品などを展示している。

⑥ 封筒の表

⑦ 封筒の裏

⑧ 手紙文の部分A（冒頭部）

⑨ 手紙文の部分B（中間部）

⑩ 手紙文の部分C（「読」の字、注意）

これらは第十章に詳しく述べてある。第十章の四に掲載されている手紙文〔7〕の封筒と原文である。また、第十章の六にも詳しく述べてある。

写真版⑧⑨⑩の原文を次に示す。

⑧ 此間はあなたの文章

（新聞に出てゐる）を拝

見しました　勿論御承
知の事と思ひますが
あれは新聞向きですね
しやれたものですけれ
ども芸術的なもので
はありません。あなたが
私によこす手紙の方がよ
ろしい。然しあなたのやう
な筆を執る事の好な

⑨

人が新聞社に這入る
事が出来たのは仕合せ
です　充分働らいて御父さ
んや兄さんから認められ
て労働をしないでも好
いといふ許可を得る
やうになさい。歩いてゐる
間に本を読んだり文
章を書いたりするのは大
変です　好だから出来る

⑩
のです。私などには出来
ません　私の書物で好ん
で好いものはありません
あなたは行人をよんださ
うですが　夫《それ》で沢山で
すから　外の人のものを
御読みなさい　手の届く
限り何でも御読みなさい。
時間の許すかぎり　あな
たの新聞に石坂養平

あとがき

この本は夏目漱石の生涯と作品、それにわたくしの漱石研究の主要な部分をまとめたものである。漱石の生涯と作品については全てを述べることは出来なかった。しかし、主要な部分は述べることができた。

夏目漱石については多くの本がある。それは漱石のファンが多いからである。そして、評論家や研究者の本はそれぞれ自分なりの考えで書いている。「おや、こんなことがあったかなあ」とか、「こんなふうに漱石を論じられるかなあ」と思うことが幾つかあった。それで、わたくしは若い時、それらの本を読んだ時、異なる考えや共感する思いをメモ用紙に記した。

夏目漱石に関する思いはまず、大学生の時、橋本芳一郎先生や紅野敏郎先生に学んだ時である。橋本先生は谷崎潤一郎の研究家であり、紅野先生は志賀直哉など白樺派作家の研究家である。お二人に日本近代文学の歴史を教えていただいた。そして、わたくしは卒業論文に漱石研究を行った。その中心は『草枕』と漱石の俳句である。

『草枕』の中に幾つか俳句が出てくるが、漱石の俳句全体を研究してみようと思った。それは早稲田大学出身の作家多田裕計に近づいていたからである。多田裕計はわたくしの出身県の福井県生まれである。多田は初め小説を盛んに書いており、『長江デルタ』で芥川賞を受賞した。しかし、わたくしが大学の四年生の時には彼は小説より俳句の方に力を入れ、俳誌『れもん』を発行していた。

多田裕計は少年小説に『夏目漱石』を書いていたが、それはずいぶん昔のことである。しかし、わたくしは多田が漱石に関心を持っていたのと、俳句に関心があるのとで俳誌『れもん』の会員になった。わたくしは俳誌『れもん』に「夏目漱石と俳句」と題するエッセイを三回ほど執筆した。

以上が若い頃のわたくしの漱石関心である。今七十歳を過ぎたわたくしは漱石の存年を越えてしまった。幸田露伴や幸田文に関心が移りつつあるが、夏目漱石に関する思いは相変わらず続いている。

若い頃に『若き日の漱石』という本を出版したが、今度出す本はこれまでの漱石研究のまとめである。関心のある方には、どんどん読んでいただけたら嬉しく思います。

二〇二二年三月

竹長　吉正

竹長 吉正（たけなが よしまさ）

1946年、福井県生まれ。埼玉大学名誉教授。白鷗大学、埼玉県立衛生短期大学（現、埼玉県立大学）、群馬県立女子大学などでも講義を行った。俳号は竹長整史。
日本近代文学、児童文学、国語教育の講義を行い、著書を出版。『日本近代戦争文学史』『文学教育の坩堝』『霜田史光　作品と研究』『ピノッキオ物語の研究 —— 日本における翻訳・戯曲・紙芝居・国語教材等 ——』『石垣りん・吉野弘・茨木のり子　詩人の世界 ——（附）西川満詩鈔ほか ——』『石井桃子論ほか —— 現代日本児童文学への視点 ——』など。

てらいんくの評論

漱石爽快記——俳句・小説・人と人とのつながり

発行日	2022年6月23日　初版第一刷発行
著　者	竹長吉正
発行者	佐相美佐枝
発行所	株式会社てらいんく 〒215-0007　神奈川県川崎市麻生区向原3-14-7 TEL　044-953-1828　　FAX　044-959-1803 e-mail　mare2@terrainc.co.jp
印刷所	モリモト印刷株式会社

ISBN978-4-86261-173-4　C0095

◎シリーズ　てらいんくの評論

竹長吉正　評論集

ピノッキオ物語の研究

――日本における翻訳・戯曲・紙芝居・国語教材等――

あくたれ少年の破天荒な物語は、どのように日本に登場、定着したのか。

A５判上製／四九四頁●本体三、八〇〇円＋税

石垣りん・吉野弘・茨木のり子 詩人の世界

―（附）西川満詩鈔ほか―

昭和の戦後に個性的な詩を書いた三詩人の《魂》の叫び、《心》の叫び！

四六判並製／三七五頁●本体二、六〇〇円＋税

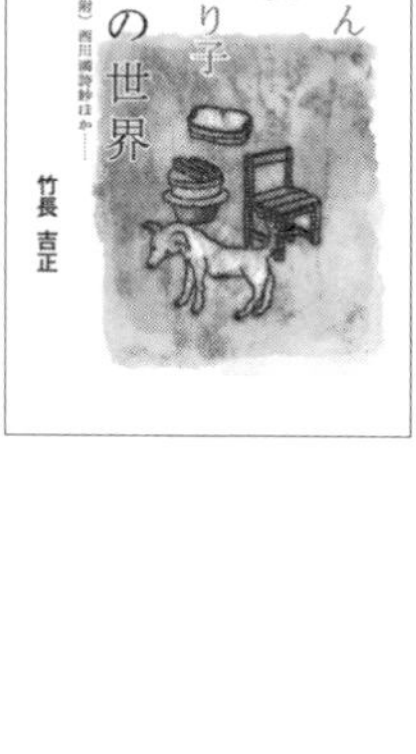

石井桃子論ほか

―現代日本児童文学への視点―

現代日本の「子どもの文学」の新しい見方を提示する。

四六判並製／四三二頁●本体三、二〇〇円＋税

石井桃子論ほか　第二

――現代日本児童文学への視点――

石井桃子、宮沢賢治、金子みすゞ、打木村治など、作家と作品を幅広く紹介。

四六判並製／二四四頁●本体 二、二〇〇円＋税

蔵原伸二郎評伝

――新興芸術派から詩人への道

詩人にして小説家、昭和初期から戦後にかけて文学に人生を捧げた蔵原伸二郎の生涯をたどる。

四六判並製／二八〇頁●本体 二、三〇〇円＋税